Lust der Nacht

Lust der Nacht

Verlag

www.mysterious-women.de

red@mysterious-women.com

ISBN: 3-929925-01-X
ISBN: 978-3-929925-01-2

Titelfoto: Gabriele Doose, Hamburg

1. Auflage: 1993
3. Auflage: 2009

Herstellung:
Books on Demand GmbH, Norderstedt

Die Autorin Sylvia Knelles:

Geboren
am 04. November 1960,
in Mülheim an der Ruhr,
als kleiner Nachtschwärmer,
im Zeichen des Skorpions,
mit Aszendent Krebs.

Aufgewachsen
im Ruhrpott,
im Schwabenland,
in Accra/Ghana,
in Lagos/Nigeria,
und im Rheinland.

Sie lebt,
liebt und arbeitet,
seit November 1979,
in der Hansestadt Hamburg,
wenn sie nicht gerade wieder,
mit dem Motorrad unterwegs ist.

Widmung

Liebe hängt die Sonne hoch oben auf in deinem Herzen

und von dort scheint sie dann.

Wenn du Glück hast,

ein ganzes Leben lang.

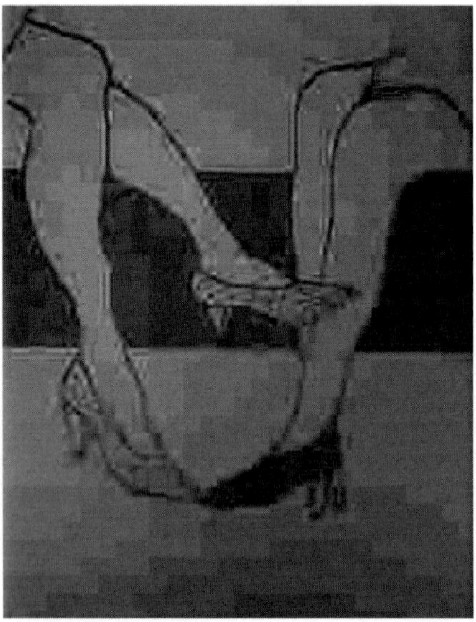

Gewidmet allen Frauen,

die nicht nur an die große Liebe glauben,

sondern sie auch zu leben wagen

und nicht zuletzt den Frauen,

die die Sonne in meinem Herzen aufgehängt haben.

Lust der Nacht

Es begann als Flirt, ein kleines Vergnügen, ein Ausbruch aus dem Alltag. Eben eine kleine Affäre am Rande. Als es begann, wollten wir beide nur die Lust der Nacht. Ohne Tag, ohne Alltag. Keine Fragen, keine Antworten. Nur ein wenig ausbrechen. Was sollte uns auch passieren? Wir stahlen uns ein paar Stunden, erlebten sie gemeinsam und kehrten dann wieder zurück in unsere Welt. Ich wusste viel über dich und auch wieder nicht, denn den Alltag, den teilten wir nicht.

Es gab uns und auch wieder nicht. Wir lebten beide unser eigenes Leben, jede für sich und doch gemeinsam. Nein, eigentlich lebten wir mehrere Leben. Du hattest deines und ich meines. Wir waren beide eingebunden in unsere Versprechen, die wir uns selbst gegeben hatten. Ich für meinen Teil hatte nie ernsthaft vor, mich aus meinem Leben zu lösen.

Und doch spürten wir beide, dass es sich irgendwann zu entscheiden galt. Sicherlich. Aber war denn "irgendwann" nicht so abstrakt, so weit weg, so fern? Es war so wenig greifbar, dass wir es immer in weite Ferne gerückt hatten. Wir hatten uns Mauern gebaut, hoch genug, damit sie niemand mehr erklimmen könne, aber wir hatten nicht bedacht, dass sich Liebe nicht um Mauern schert.

Liebe hängt die Sonne hoch oben auf in deinem Herzen und von dort scheint sie dann. Wenn du Glück hast, ein ganzes Leben lang.

Wir sprachen alle von Freiheit, Selbstverwirklichung. Sich nicht einengen lassen, war unser oberstes Gebot. Sich die Freiräume nicht beschneiden lassen. Wir wollten leben, leben um jeden Preis. Nehmen, genießen. Keine Rücksicht mehr auf andere nehmen. Uns entfalten. Andere sollten sich fügen. Ja, zusammen waren wir stark. In unseren Kneipenrunden fühlten wir uns bestätigt. Nur die tausend ungeweinten Tränen der Einsamkeit, die sah ich bei anderen nie.

Auch ich hatte mich arrangiert, hatte mich nach der Trennung von Carolin in Selbstmitleid gebadet. Vergrub mich in Arbeit, zog mich zurück und hatte mich an das Alleinsein gewöhnt. Hatte mich an anderen Frauen für Carolin gerächt. Die Anderen bestraft.

Ich hatte viel erreicht in den letzten Jahren. Konnte mir viele meiner Wünsche erfüllen, nur die Sehnsucht nach der großen Liebe, die blieb. Was auch immer ich anstellte, sie wucherte wie Unkraut. Wie ein Kobold sah ich sie tanzen in der Sonne. Oben auf meiner selbst errichteten Mauer mit lachendem Gesicht.

Aber ich will der Reihe nach erzählen: Ich hatte eine Woche herumgebracht, eine lange Woche voller Arbeit. Freute mich auf mein Wochenende und auch wieder nicht. War so müde und abgespannt, dass ich wusste, für große Unternehmungen würde mir die Lust fehlen. Ließ die Firma Firma sein, stieg in meinen Wagen und quälte mich, wie all die Anderen, durch den Freitagabendverkehr.

Wie oft fuhr ich diesen Weg und war verärgert. Am meisten ärgerte ich mich mal wieder über mich selbst. Jeden Freitag fasste ich den guten Vorsatz, mich zu ändern, es in der nächsten Woche ganz anders zu machen. So auch diese Woche. Heute Morgen wollte ich früh aus den Federn, als Erste in der Firma sein und als Erste ins Wochenende entfliehen.

Als dann der Wecker klingelte, musste ich mich mehrmals vergewissern, dass er auch mich meinte, aber er war nicht davon abzuhalten, meine gute Laune zwanghaft zu zerstören. Dann der morgendliche Stau an der Bettkante. Ach verflucht! Es war wie so oft. Nun stand ich wieder mal im Verkehrschaos und nichts ging mehr. Ich quälte mich mit all den anderen Autofahrern durch den Feierabendverkehr in das heiß ersehnte Wochenende.

Nun fing es auch noch zu regnen an. Ich musste noch einkaufen, auch das hatte ich, wie immer, bis zur letzten Minute aufgeschoben. Endlich war der Supermarkt in Sicht. Raus aus dem Wagen, rein ins Getümmel. Ich kramte in meinen Taschen, aber ich fand kein Markstück für diese blöden Einkaufswagen. Das konnte ja noch fröhlich werden. Ich schob mich durch die Massen, klemmte mir meinen Wochenendbedarf an Lebensmitteln unter den Arm und entfloh nach einer halben Stunde, nicht weniger genervt, dem Einkaufsstress. Nun aber nichts wie nach Hause.

Der Scheibenwischer wirkte einschläfernd und missmutig bahnte ich mir einen Weg durch die Straßen. Lichter einer Großstadt. Es gab Tage, da könnte ich glatt drauf verzichten. Heute war so ein Tag.

Zu Hause erwartete mich, was mich täglich erwartete. Ein Briefkasten voller Werbung, bestückt mit ein paar Rechnungen, der Abwasch vom Morgen. Erst als ich in der Badewanne im Schaum versank, befiel mich langsam das Gefühl der Entspannung.

Raus aus der Wanne, rauf auf die Couch, bewaffnet mit Chips und Cola und der Fernbedienung. Eine tolle Erfindung. Man braucht nur einen kleinen Finger zu bewegen und kann sich durch sämtliche Fernsehprogramme arbeiten. Nun, ich schaltete hin und her, aber es gab nichts zu sehen. So konnte ein Wochenendhochgefühl ja nicht aufkommen!

Als ich so vor mich hindöste, fasste ich einen guten Vorsatz: Nächsten Freitag, würde ich es alles ganz, ganz anders machen. Mit diesen Gedanken schlief ich ein...

Am nächsten Morgen sah die Welt schon anders aus. Froh gelaunt schwang ich mich von der Couch, streckte meine leicht verdrehten Knochen und Gelenke und blinzelte in die Sonne. Ein Tag im April, ein Samstag und dazu Sonne. Na, wenn das kein gutes Omen war. Ich drehte die Musik schön laut, damit auch meine Nachbarn etwas davon hatten und gab mich mit Wonne dem Frühstück hin. Seit ich wieder alleine lebte, hatte ich mir Rituale geschaffen.

Zuerst nur, um die nicht enden wollenden Wochenenden überhaupt zu überstehen, aber schließlich hatte ich mich an die neue Situation gewöhnt.

Wir zwei, Carolin und ich, hatten uns während der Ausbildung kennen gelernt. Hatten uns ineinander verliebt, waren zusammengezogen und hatten viele schöne gemeinsame Jahre zusammen verbracht.

Als sie mich verließ, war meine Welt in tausend Scherben zersprungen und ich hatte lange gebraucht, um mich davon wieder zu erholen. Sie hatte sich wieder verliebt und lebte nun mit der anderen in "unserer" Wohnung. Eine Situation, die ich heute ertragen konnte. Wir waren uns fremd geworden, aber ich dachte gerne an unsere Zeit zurück. Nur an den Wochenenden, da verfluchte ich sie ab und zu immer noch. Es tat so gut, sich ein wenig in Selbstmitleid zu baden. Aber heute war kein Tag dafür.

Ich dachte lächelnd an meine vergangenen Affären zurück. Ich hatte keine Lust mehr auf eine Beziehung. Die Zeit meiner Rachetrips war vorbei, aber ich konnte mir einfach nicht mehr vorstellen, mich wieder ganz einzulassen, ohne Wenn und Aber. So mit Familienidylle.

Und trotzdem, so manchmal insgeheim, da ertappte ich mich doch bei dem Gedanken. Ich hatte die dreißig hinter mir gelassen und es gab Tage und Momente, an denen ich mein Leben gerne wieder mit einer Frau geteilt hätte. Wie gesagt, Tage und Momente. So gab ich mich den Gedanken hin, bis mich das Telefon aus meinen Grübeleien riss.

Meine beste Freundin Isi mit dem topaktuellen Szenetratsch. Wer mit wem und warum, wer mit wem gerade nicht. Wir verabredeten uns zum Sport für den Nachmittag. Man muss sich fit halten, die Konkurrenz schläft nicht.

In den letzten drei Jahren meines Alleinseins hatte ich mich beruflich sehr engagiert und ein paar Sprünge auf der Karriereleiter nach oben gemacht. Hatte mir die neue Wohnung recht spartanisch eingerichtet. So schön modern. Weil ich eigentlich nurzu faul zum Putzen bin, wie meine Freundin Claudia zu sagen pflegt. Wo sie Recht hat, hat sie Recht.

Würde ich mehr verdienen, ich würde mir ein Hausmädchen leisten. So mit Schürzchen. Und nichts darunter. Eine Vorstellung, die mir gefiel, ich werde mal bei meiner Chefin wegen einer Gehaltserhöhung vorsprechen. Da ich zurzeit aber noch kein Mädchen hatte, musste ich mich selbst um meinen Abwasch kümmern.

Mittags fuhr ich dann zum Sport, zerstörte abrupt die Hoffnung meiner besten Freundin Isi, mich diesmal bezwingen zu können und nach der Sauna spendierte ich ihr zum Trost, wie fast jede Woche, einen Drink an der Bar. Ja, so war das vor fünf Jahren. Ein ganz normaler Tag im April...

Noch heute denke ich oft an unsere erste Begegnung zurück. Wenn die Sonne durch die Wolken blinzelt, die Luft nach Frühling riecht, ich die Augen schließe, scheint mir deine Nähe so gegenwärtig.

Ich muss dann an uns denken, an unsere Leidenschaft, von der wir beide nichts wussten, bis wir uns begegneten, an jenem Tag im April. Du bist mir Erfüllung und Fluch zugleich und du wirst mir nie wieder in einem anderen Menschen begegnen. Du hast mir eine Welt eröffnet, von der wir beide nichts ahnten. Sehnsüchte in mir geweckt, die seitdem mein Leben begleiten.

Als wir uns das erste Mal sahen, dort an der Bar, konnte ich die Neugier in deinen Augen sehen, aber ich habe diese Blicke ignoriert, als ahnte ich bereits, dass ich mich in diesen Augen verlieren könnte. Augen, strahlend blau, die im Begehren dunkel werden und sich dann in der Ferne verlieren. Strahlend weiße Zähne. Ein Mund, der alles hält, aber nichts verspricht. Hände, die geben und nehmen.

Damals im April hatten wir keine Vergangenheit und auch keine Zukunft, nur die Gegenwart und die war spürbar. Aber durch dich habe ich erfahren, dass ich alles will. Liebe, Gefühle, Begehren, das Geben und Nehmen, so wie wir es erfahren. Ich habe mich gegen dich gewehrt, versucht, mein Leben einfach weiter zu leben, mich nicht auf dich einzulassen.

Doch du hast Spuren in meinem Leben hinterlassen. Spuren, die mich begleiten und auf denen wir weitergehen werden, weil sie die Erfüllung all unserer Sehnsüchte sind.

Ich hatte mein Leben geordnet und in ruhige Bahnen gelenkt, bis wir uns trafen. Du hast dich nicht geschert um meine Ruhe, meine Ordnung. Du hast mich nie gesucht, aber du wusstest immer, wo du mich finden wirst. Und wann immer wir uns zufällig trafen, konnte ich die Spannung spüren. Wir sprachen nie von Morgen, nie von Zukunft, wir teilten nur die Lust.

Ich war nicht auf der Suche damals und doch habe ich dich gefunden. Meine Frau. Die alles zu geben vermag, Vertrauen, Liebe, Zärtlichkeit. Mit der man täglich spürt, dass man lebt und sich jeden Morgen auf den neuen Tag freuen kann. Mit der ich meine Träume leben kann, denn die Sehnsucht nach neuen Träumen ist geblieben und es sind neue erwacht und die auszuleben, bedarf es der Liebe. Einer Liebe, die das Herz und den Körper erfüllt. Die Herz und Körper gleich befriedigt. Ein Geben und Nehmen können, ohne sich ausgeliefert zu fühlen.

Du bist einfach du. Chaotisch, flippig, wild, unstet, verträumt, sanft, zärtlich, leidenschaftlich, romantisch, fordernd, herrschend, lieb und hilflos. Eine Mischung, die so total widersprüchlich ist und doch ist es wohl gerade das, was uns ausmacht, dich und mich.

Wir sind so verschieden. Ich bemühe mich in allen Dingen um Ordnung, du schaffst in Sekunden schönstes Chaos. Ich liebe die Nachtruhe, sie ist mir geradezu heilig, du tanzt mitten in der Nacht mit Kopfhörern durch die Wohnung und hältst das glatt für Rücksichtnahme. Du kannst morgens fröhliche Menschen nicht ausstehen und ich begegne dir jeden Morgen mit einem lauten Gesang im Bad. Du schmeißt mit Geschirr, ich habe es durch Unzerbrechliches ersetzt. Ich vertrage Alkohol ganz gut, aber du trinkst ihn. Du liebst Blumen, aber sie vertrocknen stets nach zwei Tagen, weil du vergisst, sie zu gießen. Und so zieht sich der Faden durch unser Leben. Aber ich lebe gerne mit dir. Kann mir die Tage und Nächte nicht mehr vorstellen, so ohne dich und bin dankbar, dass es dir genauso geht.

Nie war etwas berechenbar. Jeder unserer Tage war ein anderer. Wir wussten, dass wir einen gefährlichen Boden betraten und doch konnten wir nicht davon lassen. Du bist mal fordernd und dann wieder bittend, aber wie auch immer du bist, du bist immer du selbst.

Die Frau, die man liebt, zu beherrschen, ohne sie zu verletzen oder zu demütigen, alles zu fordern, ohne je das Vertrauen zu missbrauchen. Ich bin dir blind gefolgt, habe dich genommen, habe gegeben. Es gab keine Fragen. Es war ein stilles Einverständnis, das zwischen uns herrschte.

Wir haben nie Grenzen überschritten. Hatten Vertrauen, dass der andere keine Qual, sondern nur Lust bereiten wird. Haben uns eingelassen, auf Demut, Untertänigkeit. Ich habe stillgestanden, mich nicht gerührt, wenn du es gefordert hast. Bin deiner Forderung, dir Lust zu bereiten, gerne gefolgt. Habe gelernt, deine Spiele zu spielen, deine Lust zu entfachen und sie zu ersticken. Wann immer wir uns damals trafen, lag diese Spannung in der Luft. Wir hatten uns nie verabredet, aber wir sind uns ständig begegnet. Wussten, wo wir uns finden konnten. Hatten lange Zeit versucht, einen Weg zurück zu finden, versucht so zu leben, wie alle leben.

Aber da hatten wir uns schon längst aneinander verloren. Wir hatten jeden unserer Schritte im Griff, waren ständig auf der Hut. Denn wir wollten ja nur die Lust und nicht den Alltag, bis wir bemerkten, dass das Leben und die Zukunft uns schon längst eingelullt hatten. Eingelullt in rosarote Wolken.

Wir hatten uns ein paar Mal belanglosen Plaudereien an der Bar hingegeben. Da ich kein Schild "Lesbe auf Jagd" umhängen hatte, wähnte ich mich auf sicherem Boden.

Ich sah deine blauen Augen, die mich oft kritisch musterten, aber ich beschloss, es einfach nicht zur Kenntnis zu nehmen. Meist trafen wir uns dort zufällig nach dem Sport. Schuld daran hatten natürlich meine beste Freundin Isi, weil sie meistens gegen mich verlor und ich, weil ich ihr nie eine Chance einräumte, zu gewinnen. So musste ich Isi hinterher immer an der Bar trösten.

Da ich Isi in der Woche selten traf, hatten wir stets genug Gesprächsstoff und Isi, als eingefleischte Szenegängerin, war stets auf dem neuesten Informationsstand. Das Liebeskarussell war ja auch ständig in Bewegung und lieferte genügend neue Storys.

Wenn sie anschließend in Richtung Sauna verschwand, eine Leidenschaft, die ich gar nicht teile, blieb ich meist an der Bar sitzen. So war das auch an jenem Samstag. Diesem gewissen Samstag, an dem alles begann.

Chris, die ich ja nur vom Sehen kannte, kam an diesem Samstag einfach auf mich zu, setzte sich an den freien Platz neben mich und verwickelte mich in ein belangloses Gespräch. Sie gefiel mir irgendwie, ihre Art, ihre Ruhe, trotz der vielen Jahre, die sie jünger war.

Wir beschlossen, abends noch Essen zu gehen. Isi hatte keine Lust mitzukommen, wollte lieber noch auf Piste gehen und so verabredete ich mich mit Chris für den Abend. Das Wochenende schien interessant zu werden.

Eine kleine Affäre am Rande würde mir sicher gut tun und so fuhr ich erst einmal gut gelaunt nach Hause. So einen Teenie erlegte ich schließlich mit links. Wofür ist das Alter gut, wenn nicht für die Erfahrung?

Ich schmiss mich in Schale und machte mich auf den Weg. Meine Wohnung bekam noch einen prüfenden Blick. Die Jagd konnte beginnen. Nicht, dass ich auf Abenteuer aus war, aber ein wenig Abwechslung, ein zärtliches, verschmustes Wochenende, ich könnte es gebrauchen.

Chris war pünktlich, jedenfalls zu unserer ersten Verabredung. Wir hatten einen netten Abend, aber ich hatte nicht das Gefühl, als habe sie auch nur im Geringsten vor, sich auf ein Abenteuer mit mir einzulassen. Ich hatte es nicht eilig. So interessiert sie mich sonst an der Bar immer musterte, hier konnte ich ihr kein Blitzen der blauen Augen entlocken.

Chris beobachtete mich eine ganze Weile schweigend, beschäftigte sich scheinbar gelangweilt mit ihrem Essen, ohne mich aber dabei aus den Augen zu lassen. Langsam kroch die Unsicherheit in mir hoch. Mit der Hand kickte sie die Serviette vom Tisch und ihr Blick forderte mich auf, mich danach zu bücken. Ich verschwand also mit dem Kopf nach unten und als ich gerade nach der Serviette greifen wollte, stellte sie ihren Fuß darauf.

Das Restaurant war voll besetzt, um uns herum saßen viele Leute, mir war siedendheiß. Was tun? Ich streichelte ihre Waden und für einen Moment verlor sie die Kontrolle. Blitzschnell entriss ich ihr die Serviette und kam triumphierend wieder nach oben. Gelassen schob sie sich einen weiteren Bissen in den Mund. Ich ließ sie nicht mehr aus den Augen. Spürte ihr Bein zwischen meinen Knien und vorsichtig blickte ich mich im Restaurant um. Chris amüsierte sich köstlich. Rückte ihren Stuhl näher an den Tisch heran und ich spürte ihren Fuß unter meinem Rock. Ich war fassungslos.

Ich schaute sie an, aber sie aß unbekümmert weiter, während ich still vor meinem Essen saß und gezwungen war, mir meine steigende Erregung nicht anmerken zu lassen. Chris trank genüsslich ihren Wein, ohne mich dabei aus den Augen zu lassen. Der Ober kam, deckte ab. Sie spielte ihr Spiel unbekümmert weiter, ließ sich auf einen Flirt mit ihm ein. Und ich hatte keine Chance zu entrinnen. Ich spürte die Hitze in mir aufsteigen. Als wir später das Lokal verließen, war mein Hunger gestillt, in jeder Beziehung.

Später lag ich allein in meinem Bett und ich war immer noch verwirrt. Dieses Kind! Was bildete sich diese Göre ein. Na, der würde ich was erzählen! Aber daraus würde wohl nichts werden, denn ich hatte nicht einmal ihre Telefonnummer.

Eigentlich müsste ich empört sein, welch eine Situation! Am nächsten Morgen war ich immer noch fassungslos. Isi wollte wissen, wie der Abend mit Chris denn so war. Ich wusste vor Schreck nichts zu sagen. Von ihr erfuhr ich, dass Chris mittwochs in einer Kneipe bediente. Und obwohl ich nichts von ihr wollte, ließ mich unsere Begegnung nicht mehr los. Am nächsten Mittwoch beschloss ich, sie dort aufzusuchen.

Sie schien überrascht, bediente mich aber nett und zuvorkommend und ließ sich nicht im Geringsten anmerken, ob sie durch meine Anwesenheit irritiert war. Ich beobachtete sie den ganzen Abend und es reizte mich ungemein, ihr einmal zu zeigen, wer von uns beiden denn nun eigentlich das Zepter schwingt. Ich musste oft an unseren Restaurantbesuch denken und der Gedanke daran weckte meine Lust.

Irgendwann waren auch die letzten Gäste gegangen. Chris schloss hinter ihnen die Tür und zog die Vorhänge zu. Ich ging zum Tresen, machte die Musik lauter und forderte sie zum Tanzen auf. Chris deutete auf die Arbeit, die noch zu tun war, aber ich schüttelte energisch den Kopf, ohne ein Wort zu sagen. Wir tanzten und küssten, ich hielt ihre Hände auf dem Rücken gefangen und bog sie sanft nach hinten, ohne sie wieder aus den Augen zu lassen. Öffnete mit der anderen Hand ihre Bluse und genoss ihre Verlegenheit.

Ich zog zwei Barhocker heran und bedeutete ihr, sich vorne auf den Tresen zu setzen und die Füße auf die Barhocker zu stellen. Sie schaute mich fragend an, aber sie spielte mit. Ich zog sie ganz nach vorne, damit sie gezwungen war, sich mit den Händen hinten am Tresen festhalten, um nicht herunter zu rutschen. Sie konnte mich nicht anfassen, sich nicht wehren und ich genoss ihre Hilflosigkeit. Ich fuhr die Beine entlang unter ihren Rock, griff nach dem Slip, riss ihn mit einem Ruck entzwei und in hohem Bogen flog er durch den Raum.

Lust und Fassungslosigkeit blitzten in ihren Augen. Sie schob sich langsam weiter nach vorne, aber ich ließ sie zappeln. Streichelte sie, küsste sie und trieb sie zum zarten Wahnsinn. Sie rückte immer näher, fordernd, aber heute war es mein Spiel und ich würde dieses Spiel bis zum bitteren Ende spielen. Als ich sie nahm, war die Musik längst verklungen. Nichts war zu hören, nur unser schnelles Atmen im Raum.

Chris hatte keine Chance mir zu entrinnen und ich kostete das voll aus. Den Slip sammelte ich später vom Boden auf und nahm ihn als Trophäe mit nach Hause. Ich warf ihn zu Hause elegant auf den Handtuchhaken im Bad und pfeifend beendete ich den Tag.

Die Spielregeln waren neu verteilt. Ich lernte Chris zu nehmen und damit wusste keiner von uns, was passieren würde, wenn wir uns wieder begegnen würden.

Die ganze Woche hatte ich nichts von Chris gehört. Am nächsten Samstag war sie nicht im Sportcenter. So fuhr ich am Mittwoch in die Kneipe, um meine Jagdtrophäe zurückzubringen. Ich erkannte mich selbst nicht wieder, aber ich hatte etwas in mir entdeckt, das ich zu Ende führen musste. Als ob man auf dem Weg durch die Wüste eine Oase entdeckt. Ich konnte nicht auf halbem Weg stehen bleiben. Würde ich das überhaupt wollen?

In der Kneipe war nicht viel los. Nur ein paar Gäste. Chris grinste mich sehr frech an, als sie die Trophäe vom Tresen nahm. Sie nahm etwas Kleingeld und ging, mit den Münzen klimpernd, zum Flipper. "Spiel?" Nur ein Wort. Ich nickte. Spiel! Ich vergnügte mich beim Flippern, versuchte Punkte zu machen, dieses Höllengerät zu bezwingen. Chris hielt mir ihr leeres Glas unter die Nase und nickte in Richtung Tresen. Als ich zurückkam, saß sie grinsend auf dem Gerät.

Lächelnd zog sie mich näher. Rutschte langsam vom Flipper und blieb zwischen mir und dem Gerät stehen. Sie warf Geld nach und drückte den Startknopf. Die Kugel rollte. Ich musste immer dichter an sie heranrücken, weil ich sonst dem Lauf der Kugel nicht folgen konnte.

Ich spürte ihre Nähe, roch ihr Parfüm, konnte ihren Atem an meinem Hals spüren. Sie rutschte ein wenig tiefer, schob ihr Bein zwischen meine. Langsam kam sie wieder höher. Jedes Mal, wenn ich nach vorne rückte, weil ich sonst die untere Hälfte des Spielfeldes nicht überschauen konnte, rutschte ich auf ihrem Bein entlang.

Ich versuchte, mich nicht aus der Ruhe bringen zu lassen, spielte ein Spiel nach dem anderen. Chris warf ständig Geld nach. So spielten wir Flipper, bis ich das Gefühl hatte, keinen Halt mehr zu finden und dem Weg der Kugel schon längst nicht mehr folgen konnte.

Ich hatte angefangen, die Tage zu zählen, von einem Wochenende zum nächsten. Wir hatten uns bisher nie verabredet. So waren wir immer gezwungen, uns zu suchen. Ich konnte am Samstag nicht zum Sport, so hinterließ ich ihr an der Rezeption eine Nachricht. Samstagabend, 22 Uhr, im "Inn". Das Inn ist ein spießbürgerliches, aber recht nettes Tanzlokal. An diesem Freitag schaffte ich es sogar, früh aus dem Bett zu kommen, weil ich mir noch ein recht gewagtes Kleid kaufen wollte.

Samstagabend war ich um 21 Uhr bereits dort und als Chris das Tanzlokal betrat, war ich auf der Tanzfläche. Ich bedeutete ihr, sich an meinen Tisch zu setzen. Ich tanzte weiter und wusste, dass mir jeder ihrer Blicke folgte. Ich schloss die Augen und genoss es, zu wissen, dass sie mich beobachtete.

Ich gab mich ganz den Klängen der Musik hin. Sich in Musik zu verlieren ist wie Lieben. Das Kleid war am Bein recht hoch und gewagt geschlitzt und gab den Blick auf die Schenkel frei. Ich wusste, dass die Männer darauf schauten und dass es Chris erregte, zu sehen, wie die Blicke ihr folgten.

Ich ging zur Toilette und entledigte mich meines Slips. Auf dem Rückweg ging ich betont aufreizend an ihr vorbei und legte den Slip in ihre Hand. Dann ging ich wieder auf die Tanzfläche. Ich konnte ihren Blick in meinem Rücken spüren. Wusste, dass sie nun jeder Bewegung folgte, hungrig und voller Verlangen.

Als die Musik langsamer wurde, kam sie auf die Tanzfläche. Sie tanzte so dicht vor mir, dass ich ihr Parfum riechen konnte, ich konnte sie förmlich spüren, ohne sie zu sehen. Wir tanzten dicht voreinander, ohne uns zu berühren. Wir berührten uns nicht und doch war jede ihrer Bewegungen für mich fast spürbar.

Lange würden wir so nicht mehr tanzen können ohne uns anzufassen. Der ganze Raum knisterte. Ich spürte ihre Hand an meinem Bein, sah sie strafend an, drehte mich um und ging davon.

Ich wusste, dass sie mir folgen würde. Ich verließ das Tanzlokal, ging langsam über die Straße und in das gegenüberliegende Hotel, in dem ich am Vortage ein Doppelzimmer gebucht hatte. Ich schloss die Zimmertür nicht, denn ich spürte, dass Chris dicht hinter mir war. Es war das erste Mal, dass wir gemeinsam erwachen würden.

Am nächsten Sonnabend fand ich nach dem Sport einen Zettel an meinem Wagen. Eine Adresse und eine Uhrzeit. Sonst nichts. Ich wusste auch so, wer diesen Zettel für mich bestimmt hatte. Chris hatte mit diesem Tag begonnen, die Spielregeln zu brechen. Ich würde ihr Privatleben kennen lernen. Bisher war das für uns beide ein absolutes Tabu gewesen.

Als ich ihre Wohnung betrat, spürte ich bereits die Spannung. Ich spürte, dass etwas passieren würde, aber was?

Wir hatten beide eine Lust entdeckt, die mir völlig neu war und ich hatte bisher auch nicht geahnt, dass ich solche Sehnsüchte in mir habe. Sie wurden durch Chris geweckt und ich weckte ihre.

Wir kannten nicht unsere Rollen und unsere Spielregeln waren offen. Wir hatten begonnen, die Sklavinnen unserer Lust zu werden. Wir spürten es beide und doch gab es kein Zurück. Sie wurde mir langsam vertraut und doch war immer wieder alles so neu. Sie war neugierig, genau wie ich, wollte spüren, fordern, nehmen, geben und ließ sich doch nie in die Karten sehen.

Auch heute sagte sie nichts, ich musste ihren Blicken folgen und ich lernte, diese auch langsam zu deuten. Wenn wir uns im Sportcenter trafen, was hatten wir nicht alles zu bereden. An Abenden wie heute gab es nichts zu sagen.

Heute war die Spannung anders als sonst. Nicht bedrohlich, aber anders. Wir tranken, tanzten bei leiser Musik im Kerzenschein. Sie hielt meine Hände auf dem

Rücken gefangen. Ich ließ sie gewähren. Sie drängte mich gegen die Wand, zog mir meine Bluse über den Kopf und ich konnte die Kälte der Wand auf meiner nackten Haut spüren. Ich wollte sie an mich ziehen, aber ein strafender Blick traf mich.

"Rühr mich nicht an, ich höre sofort auf."

Langsam streifte sie ihre Sachen ab, ihre Wäsche schimmerte weiß im Kerzenschein. Sie schloss mit der Hand meine Augen und ich gehorchte.

Ich spürte ihre Hand auf meiner Haut, ihren Mund, der mich zärtlich und fordernd küsste. Ich bewegte meine Hand und sie hielt sofort inne.

Langsam legte ich die Hand wieder auf die Wand zurück. Sie streifte meine Hosen runter und ich konnte die Wärme ihrer Hände spüren, ihren Atem auf meiner Haut, die Kälte der Wand, im Rücken. Ich musste mich beherrschen, durfte mich nicht bewegen. Sobald ich nur einen Finger rührte, hielt sie sofort inne.

Sie spielte mit mir, mit meinem Körper. Sie wollte mich beherrschen, wollte Gewalt über mich haben und ich ließ mich darauf ein. Ich spürte, wie kleine Schweißperlen langsam an meinem Körper herunter liefen. Sie trieb dieses Spiel erbarmungslos weiter, peitschte meine Lust an und ich gab mich ihr hin. Den ganzen Abend lang durfte ich sie nicht berühren, nur spüren, wie sehr sie mich begehrt. Als sie mich an die Hand nahm, folgte ich ihr ins Schlafzimmer und schlief erschöpft in ihren Armen ein.

Morgens wurde ich von der Sonne geweckt, die durch die Rollos blinzelte. Ich lag lange wach, beobachtete Chris, die dort ruhig und zufrieden schlief. Ich fuhr ihr durch die blonde Mähne. Ein zufriedenes Brummen war die Antwort. Sie drehte sich, umfasste mich, um dann gleich wieder einzuschlafen. So ein Langschläfer. Und das mir Frühaufsteher! So träge ich auch während der Woche war, ein

Wochenende mit Sonnenschein würde ich mir nicht entgehen lassen.

Ich schälte mich aus ihrem Arm und machte mich auf die Suche nach dem Bad und der Küche. Ein Chaos! Halb ohnmächtig verdrehte ich die Augen. Ich fing erst einmal an, für Ordnung zu sorgen. Chris schlief derweilen unbekümmert weiter. Der Kühlschrank verhieß auch nichts Gutes. Kein Frühstück. Nun, dann eben nicht. Ich verschwand unter der Dusche und genoss den heißen Wasserstrahl.

Während ich mir die Haare trocknete, fiel mein Blick auf die Ablage über dem Waschbecken. Zwei Zahnbürsten!

Unmut machte sich in Sekundenschnelle breit. Das konnte ich ja nun gar nicht leiden. Allzeit bereit? Vielleicht gab es auch eine Andere im Leben von Chris. Was wusste ich schon von ihr? Hatte ich das Recht, Ansprüche zu stellen? Ich wollte nur ein Abenteuer und nun das!

Was ich selbst nicht ganz haben wollte, gönnte ich noch lange keiner anderen. Vielleicht war es ja auch ein anderer Mann? Mir war ganz übel. Ich ließ meine Blicke schweifen. Kein Rasierapparat, kein zweites Deo. Nichts, was darauf schließen ließe, dass hier noch jemand lebt. Aber die zweite Zahnbürste. Das würde sie mir erklären müssen!

"Na, gut geschlafen? Willkommen in meinem Reich."

Na, unter einem Reich verstand ich aber etwas ganz anderes! Eine verschlafene Chris verschwand unter der Dusche.

"Hast du eine Zahnbürste für mich?"

Ich warf es belanglos in den Raum.

"Klar, unten rechts in der Schublade."

Die Schublade wimmelte von hübsch verpackten Zahnbürsten. Meine Laune fiel sekündlich.

"Gefunden?"

Chris stieg grinsend aus der Dusche.

"Du solltest dein Gesicht sehen. Reif für eine Zigarettenwerbung. Was ist der Stein des Anstoßes?"

Ich hielt ihr drohend ein Bündel dieser, ach so reizenden, Zahnbürsten unter die Nase.

"Ach das."
"Ja das!"

Sie lachte.

"Mein Vater ist Apotheker. Das sind Werbegeschenke."
"Deshalb benutzt du auch immer zwei zurzeit?"
"Klar, eine ist für meine dritten Zähne."

Ich hätte ihr am liebsten eine geknallt.

"Nun?"

Ich baute mich vor ihr auf.

"Nun, die eine habe ich aus dem Urlaub mitgebracht. Ich hatte meine vergessen. Zufrieden?"

Dagegen ließ sich nichts sagen. Schöner Sonntag!

Aber der Sonntag war ja noch zu retten. Wir würden richtig ausgiebig frühstücken und dann könnten wir an die Elbe fahren. Spazieren, uns den Wind um die Nase wehen lassen. Das Wochenende nett ausklingen lassen.

"Ach übrigens, ich muss in einer Stunde los. Ich bin noch mit Freunden verabredet."

Meine Ohren klingelten. Das Maß war voll! Ich suchte mir meine Sachen zusammen. Ich würde mir doch nicht auf der Nase rumtanzen lassen. Das fehlte noch. Ich war doch nicht ihr Gefühlsjojo!

"Kannst du mich in der Stadt absetzen?"

Völlig unbekümmert schaute mir Chris ins Gesicht.

"Aber selbstverständlich."

Ich würde sie aus dem fahrenden Wagen werfen!

"Wo darf ich dich denn hinbringen?"

Ich versuchte, mich nicht aus der Fassung bringen zu lassen.

"Einfach irgendwo in der City. So in Bahnhofsnähe?"

Unsere Fahrt in die Stadt verlief recht schweigend. Meine Laune war verdorben. Ich hatte einen Riesenhunger und dann das. Am Bahnhof stieg Chris aus und mit einem "Tschau" war sie auch schon verschwunden.

Ich fuhr nach Hause, startete einen völlig unnötigen Hausputz und ließ meiner Wut freien Lauf. Das war mir ja noch nie passiert! Wildwestlove in Hamburg. Pah! Die könnte mir doch glatt mal an die Füße packen! Aber auch da sollte ich sie wohl lieber nicht mehr ranlassen.

Dann erinnerte ich mich an meinen Vorsatz, dass ich ja sowieso lieber Junggesellin bleiben wollte und dieser Gedanke tröstete mich dann doch wieder. Hallo Freiheit, du hast mich wieder!

Meine beste Freundin Isi hatte mir eine Nachricht auf dem Anrufbeantworter hinterlassen. Sie war neugierig, wo ich stecke. Ich rief sie an, verabredete mich mit ihr zum Essen.

Isi war wieder mal auf Pistengang gewesen und hatte wie immer viel zu berichten.

"Ach übrigens. Triffst du dich eigentlich mit dieser Chris öfter?"

Ihr Tonfall ließ mich Fürchterliches ahnen.

"Warum? Nö, eigentlich nicht."
"Na, da hättest du dir auch keinen Gefallen getan."
"So?"
" Na ja, es wird so einiges geredet."
"Ach ja?"

Meine Laune steigerte sich wieder. Allerdings nicht zum Besten.

"Ist auch besser so, lässt wohl nichts anbrennen. Wäre ja auch viel zu jung für dich. In deinem Alter."

Das saß! Wofür Freunde doch alles gut sind. Ich hatte sowieso nicht vor, Chris wieder zu sehen. Was soll´s. Eine Affäre am Rande.

Isi konnte mich nicht überreden, noch auf einen Wein mitzukommen. Ich hatte eine anstrengende Woche vor mir.

So fuhr ich nach Hause, verkroch mich in mein Bett und gab mich ganz dem Weltschmerz hin. Eigentlich genoss ich meine Affären, aber ich begann sie und ich beendete sie. So etwas war mir noch nicht passiert!

Am Mittwoch widerstand ich der Versuchung, in die Kneipe zu fahren, am Samstag ließ ich mich mit einer Ausrede vom Sport entschuldigen.

Ich buchte für das kommende Wochenende ein Zimmer an der Ostsee und danach würde die Welt wieder in die alte Ordnung zurückgekehrt sein.

Gut gelaunt packte ich eine Woche später meine Tasche und fuhr, beschwingt von guter Musik in Richtung Norden. Ich liebe das Meer. Den Schlag der Wellen. Es wurde langsam wärmer. Der Sommer stand vor der Tür.

Das Privatquartier, ich benutzte es schon seit Jahren, verschaffte mir schnell ein Gefühl von zu Hause. Ich kenne die Wirtin schon seit meiner Kindheit und mit dem Sohn des Hauses verbindet mich eine lockere Freundschaft.

Wenn noch keine Saison ist, gehen wir ab und zu einen Wein zusammen trinken. Das Wochenende verflog wie immer viel zu schnell. Ein wenig wehmütig fuhr ich zwei Tage später nach Hamburg zurück. Der Alltag hatte mich wieder.

An Chris dachte ich nicht mehr so oft, obwohl mir meine verletzte Eitelkeit schon sehr zu schaffen machte. So ein Teeniebopper! Ich ertappte mich oft dabei, dass ich an unsere Spiele dachte. Ich konnte mich an jede unserer Begegnungen nur zu genau erinnern. Der Reiz des Verbotenen, das Spiel mit der Macht.

Wir hatten erst die Spitze des Eisberges erkundet und ein bisher nie gekanntes Gefühl von Sehnsucht und Begehren ließ mich nicht mehr zur Ruhe kommen. In meiner Firma benutzte eine Kollegin das gleiche Parfum wie Chris und es machte mich schier verrückt. Wenn ich an meiner Kollegin vorbeiging und die Augen schloss, hatte ich das Gefühl, Chris körperlich zu spüren. Ein Teufelskreis.

Aber was hätte ich letztendlich zu erwarten? Es konnte ja nicht immer so weitergehen. Obwohl ich nicht bereit war eine Beziehung einzugehen, war ich auch nicht bereit zu teilen.

Der Gedanke, dass sie die Dinge, die wir gemeinsam erlebt hatten, auch mit anderen tun würde. Ich durfte gar nicht daran denken. Ich schickte einen Stoßseufzer zum

Himmel, aber auf eine helfende Antwort wartete ich vergebens.

Isi, mein Nachrichtensender, brachte mich dann tagelang auf Trab. Sie hatte sich verliebt und ich durfte jeden Abend an ihrem neuen Glück teilhaben. Ihre Telefonrechnung musste schwindelnde Höhen erreichen und mein Ohr glühte nach jedem ihrer Anrufe. Für samstags sagte sie in letzter Zeit immer öfter ab. Strahlend erklärte sie mir jedes Mal, sie habe Besseres vor. Nun denn.

Von Chris hatte ich nichts mehr gehört. Wie auch. Sie kannte ja weder meinen Nachnamen, noch hatte ich ihr bisher meine Telefonnummer gegeben. Das Sportcenter mied ich zurzeit wie die Pest und die Kneipe würde ich nur betreten, wenn man mich mit vorgehaltener Waffe dazu zwingen würde.

Freitagabend, Wochenend und Sonnenschein. Ich fuhr in den Frauenbuchladen, bewaffnete mich mit neuen Romanen und Prospekten über Freizeiten. Zu Hause machte ich es mir mit meiner neuen Lektüre auf der Couch bequem, blätterte in den Prospekten. Urlaub, ich könnte mir ja auch darüber langsam ein paar Gedanken machen.

Lustlos ließ ich die Prospekte auf den Boden fallen, schwang meine müden Knochen von der Couch und beschloss, dem Abend eine andere Wende zu geben. Also runter von der Couch, rein in die Klamotten und ab in meine frühere Stammkneipe.

Ich bestellte mir einen Wein, plauderte mit der Bedienung und orderte eine Suppe. Die Wand hinter dem Tresen ist verspiegelt und es macht mir Spaß, die anderen Gäste zu beobachten.

Ich löffelte so in meiner Suppe, als ich im Spiegel Chris entdeckte. Sie saß mit dem Rücken zu mir und unterhielt sich sehr angeregt mit einer recht attraktiven jungen Frau, die ich nur vom Sehen her kannte.

War der Abend bis jetzt mäßig, nun war er gänzlich im Eimer. Ich ließ die beiden erst einmal nicht mehr aus den Augen.

Isis Worte fielen mir wieder ein. Ob sie auch mit der? Ich durfte gar nicht daran denken. Könnte ich mich gerade jetzt unsichtbar machen, ich hätte es getan.

Chris schien sich ja bestens zu amüsieren. Ich nicht! Ich schnappte mir eine herumliegende Zeitschrift und als ich später wieder aufblickte, war der Tisch leer.

Mist! Ich hatte nicht mitbekommen, ob sie zusammen gegangen waren. Und wenn! Ich musste ja verrückt sein!

Missmutig widmete ich mich wieder meiner Lektüre. So ein Biest!

"Ich dachte schon, du hättest dich in Luft aufgelöst."

Lässig, geradezu frech, schwang sich Chris neben mich auf den freien Barhocker. Ich rang innerlich nach Fassung.

"Ich hatte dich gar nicht gesehen."

Ich warf ein bösartiges: "Dazu warst du ja auch wohl zu beschäftigt!" in ihre Richtung. Sie grinste nur.

"Ja, war ganz nett. Du hättest uns gerne Gesellschaft leisten können."

Sie schien keine Eile zu haben.

"Ich war schon auf dem Weg nach Hause, als ich deinen Wagen draußen gesehen habe."

Ich würde an ihr nun meine miese Laune auslassen, jawohl, schließlich war sie auch die Verursacherin derselben.

"War dein Sonntag noch recht nett?"

Mit harmlosester Miene sah sie mich an.

"Ja doch, deiner nicht? Warum bist du so sauer auf mich?

Habe ich dir was getan?"

Nun schaute sie ganz kläglich drein. Meiner Wut ging langsam die Luft aus. Sie hatte Recht, schließlich hatten wir nichts verabredet. Und trotzdem!

Chris sah mich fragend an.

"Warum hast du dich nicht mehr gemeldet?"

Ich blitze einmal wütend in ihre Richtung.

"Na, man hört ja so einiges."

Nun blitzten auch ihre Augen.

"Von dir auch!"

Das saß.

"Na, wenn das so ist, will ich dir meine üble Gesellschaft nicht weiter aufzwingen."
Sie schwang sich vom Barhocker und griff nach ihrer Jacke.

"Ich kann dich noch ein Stück mitnehmen."

Sie blickte nur kurz auf, während sie die Jacke zuknöpfte.

"Das solltest du lassen, nachher redet man noch schlecht über dich."

Bevor ich etwas sagen konnte, war sie auch schon verschwunden. Das hatte ich ja wieder einmal toll hinbekommen. Ziemlich nachdenklich machte ich mich auf den Weg nach Hause.

Ich verstand mich selbst nicht mehr. Ich, die sich nie mehr binden wollte, machte mir Gedanken darüber, was so ein junges Etwas über mich dachte. Eigentlich müsste es mir egal sein. Und trotzdem! Ich saß in meinem Büro und schaute schon ewige Zeiten aus dem Fenster. Zum Arbeiten war ich überhaupt nicht fähig.

Ich versuchte mir einzureden, dass es nur der Sex war, der uns verband, schließlich lagen so viele Jahre zwischen uns.

Ich rief Oliver an, meinen ewigen Kummerkasten. Klagte ihm mein Leid. Mit Isi konnte ich darüber nicht reden. Oliver kannte ich schon seit meiner Schulzeit. Lange bevor er mir sein Schwulsein gestand, ahnte ich es schon. Dass er schwul war, machte es einfacher sich auszuweinen.

Wenn ich da an meine Freundin Claudia dachte. Seit Jahren glücklich verheiratet und immer durch das Haus irrend, suchend nach verschollenen Kindern oder deren Gegenständen. Würde ich ihr mein Leid klagen, würde sie sagen: "Weißt du Sanni, das mit den Frauen, ich weiß nicht... vielleicht solltest du doch..."

Seit Jahren bemühte sie sich immer wieder aufs Neue, mich mit interessanten Männern bekannt zu machen. Sie versuchte meine Liebe zu Frauen zu tolerieren, verstehen konnte sie es nicht. Sie hatte verstanden, dass meine Art zu leben keine Kampfansage gegen die Männer, sondern ein tiefes Lebensgefühl war, das keiner Rechtfertigung bedurfte. Ich liebe Frauen. So einfach ist das. Nein, Oliver und ich, wir verstehen uns da besser. Er schimpft über seine Männer und ich über meine Frauen. Das tut gut!

Wir hatten uns an der Alster verabredet. Ich räumte die Sachen von meinem Schreibtisch und machte mich auf den Weg. Ich machte es mir auf "unserer" Bank bequem. Wir hatten sie irgendwann einmal Kummerbank getauft. Wie oft hatte ich schon mit ihm hier gesessen? Den Blick auf die Alster genossen. Diese Bank hatte alle unsere Beziehungen und Affären überdauert.

Ich konnte Oliver schon aus weiter Ferne sehen. Seine schlanke Gestalt, die sich sicher und gewandt mit dem Fahrrad einen Weg zwischen den Spaziergängern bahnte. Ich glaube, er fuhr schneller mit dem Rad, als ich es mit dem Auto tat. Mit einem "Hi, da bin ich" schwang er sich vom Rad.

Ließ seine fast zwei Meter neben mir auf die Bank klappen und legte seinen Beschützerarm um mich. So saßen wir dort lange und ich klagte ihm mein Leid.

Ich fühlte mich in seinem Arm immer geborgen, wohl auch wissend, dass es bei dieser Umarmung bleiben würde. Oliver war einer der wenigen gemeinsamen Freunde, die mir nach der Trennung von Carolin geblieben waren. Wir verstanden uns auch ohne viele Worte. Es tat einfach gut, dort mit ihm zu sitzen.

Ich, die Karrierefrau, die sonst immer mit Rat und Tat anderen zur Seite stand.

Da saß ich nun, ein Häufchen Elend. In Gefühlsdingen war ich schon vor Jahren aus dem Gleis geraten.

Für Oliver war alles, was aus Liebe geschah, jenseits von gut und böse. Was immer mir gut tun würde, er würde einen Weg finden, mich zu verstehen. Ich glaube, wenn wir beide irgendwann in Rente gehen, werden wir oft auf unserer Bank sitzen und über alte Zeiten plaudern.

"Wir Vier könnten doch auch etwas gemeinsam unternehmen. Dann kann ich sie mal näher beäugen?"

Ein toller Vorschlag. Oh Oliver! So nahe liegend und doch gleich so absurd. Ich sah ihn schräg von der Seite an.

"Ich weiß nicht, findest du den Gedanken gut?"

Er schaute mich schelmisch an.

"Na klar, vielleicht findest du sie dann selber so doof, dass du schnell wieder von deinem Trip kommst. Wäre doch eine Maßnahme? Denk an mich."

Er fing an, schallend zu lachen. Ich dachte an ihn, an ihn und Klaus. Sie konnten sich am Anfang gar nicht leiden und nun lebten sie schon seit ein paar Jahren zusammen. Und das recht glücklich. Bei mir und Chris war das nun doch ein wenig anders.

"Wie willst du wissen, was du von ihr wirklich willst, wenn du sie nicht näher kennst. Na, nun raff dich auf. Ich sag zu Hause Bescheid und wir sehen uns am Sonntag zum Essen bei uns."

Irgendwie hatte er Recht, einen Versuch war es schließlich wert.

"Ich rufe dich an und dann werden wir sehen."

Er strahlte mich an.

"Na, wird schon schief gehen."

Nach einem kleinen Spaziergang trennten wir uns und ich fuhr nach Hause. Manchmal waren es die kleinen Dinge, die einen mit dem Leben wieder versöhnten.

Zu Hause fing ich an zu grübeln. Wie bekam ich nun Chris dazu, am Sonntag mitzukommen? Am Mittwoch rief ich in der Kneipe an. Chris war gleich am Apparat. Eine komische Situation. Ich lud sie ein und sie sagte sofort zu. Ich war platt, damit hatte ich nicht gerechnet.

"Kommst du Samstag wieder zum Sport?"

Ich konnte ihr die Frage nicht beantworten, Isi hatte ja nun schon ein paar Termine abgesagt.

"Wenn deine Freundin nicht mag, ruf mich an, dann können wir ja zusammen spielen. Was hältst du davon?"

Nachtragend schien sie jedenfalls nicht zu sein.

Gleich danach rief ich gut gelaunt Isi an. Sie hatte ein schlechtes Gewissen, weil sie mich ja nun schon ein paar Mal wegen ihrer neuen Liebe versetzt hatte, aber als ich ihr erzählte, dass ich mich mit Chris zum Sport treffen wolle, schien ich in ein Wespennest gestochen zu haben.

Ob sie mich denn nicht vor dieser Frau gewarnt habe, nicht ein einziges Mal habe sie etwas Gutes über sie gehört. Ich sei nun wirklich zu alt, um auf solche Geschichten hereinzufallen.

Zum Glück war ich auch alt genug, um meine Entscheidungen selbst zu treffen.

Isi, Isi, manchmal konnte sie einen wirklich nerven. Ich rief wieder bei Chris an und verabredete mich für den Sonnabend.

Mein Tennisspiel war eigentlich nicht übel, aber an diesem Samstag erlebte ich meine erste totale Niederlage. Chris besiegte mich glatt.

Sie war eine Kämpferin, gab freiwillig keinen Punkt verloren. Aber Chris war ja auch einige Jahre jünger und schneller auf den Beinen. Dieser Gedanke tröstete mich doch ungemein. Diesmal bekam ich eine Einladung an die Bar.

"Morgen willst du mich also deinen Freunden zum Fraß vorwerfen?"

Es klang eher nach einer Feststellung, als einer Frage.

"Chris, ich möchte dich einfach näher kennen lernen."
"Wegen meines Rufes?"

Sie schaute mich provozierend an. Ich fühlte mich ertappt.

"Warum bildest du dir nicht dein eigenes Urteil? Ich pflege das nämlich zu tun."

Das war mal wieder recht deutlich. Ich konnte nicht viel dagegensetzen.

"Soll ich dich morgen abholen?"
"Es kommt darauf an, wo die beiden wohnen. Ich kann ja auch mit der Bahn fahren."
"Na, soweit kommt es noch."

Wir beschlossen, noch einen Wein trinken zu gehen. Wir fuhren mit meinem Wagen zum Bahnhof und suchten einen Szenetreff auf. Auch hier schien Chris bekannt zu sein wie ein bunter Hund. Nervtötend!

Meine gute Laune begann ein wenig zu leiden. Ich kannte hier niemanden näher und da blieb der Spaß doch gewaltig auf der Strecke, als ich dann alleine am Tisch saß.

Als habe sie das gespürt, blieb sie fortan in meiner Nähe und ich begann, den Abend zu genießen.

"Was ist denn nun morgen, soll ich dich abholen?"

Sie sah mich lange an, ihre Augen wurden dunkler und als sie mich zärtlich küsste, beschloss ich, diese Frage zu vertagen. Chris schaute mich an, ich merkte, dass irgendetwas sie beschäftigte.

"Ich habe aufgeräumt, Hausputz gemacht, eine Zahnbürste weggeworfen, Frühstück gekauft..."

Ich musste leise lachen. Sie konnte schon lieb sein, wenn sie nur wollte. Ich stand auf.

"Lass uns gehen."

Ich wachte auf, als ein verlockender Kaffeeduft an meiner Nase vorbeizog. Chris hatte sich vor mir aus dem Bett geschlichen und Frühstück gemacht. Verschlafen räkelte ich mich in den Kissen. So gefiel mir ein Sonntag schon viel besser.

Ich sah den Stolz in Chris Augen funkeln und fühlte mich auch sauwohl. Frische Brötchen, selbst gebacken, duftender Kaffee. Sogar eine Blume stand auf dem Tablett. Wir machten uns beide gut gelaunt über das Frühstück her.

Ich schaute mich um. Vom damaligen Chaos war nichts mehr zu sehen. Das war ein Wochenende nach meinem Geschmack. So fühlte ich mich wohl.

Wir hatten noch ein paar Stunden Zeit, bevor wir zu Oliver und Klaus wollten, aber ich musste auch noch nach Hause, um mich umzuziehen. Dann fielen mir meine Sportklamotten ein, die immer noch im Kofferraum lagen. Ich runzelte die Nase.

"Was ist denn nun los?"

Chris sah mich an.

"Oh, ich musste gerade an meine nassen Handtücher denken."
"Die habe ich auch glatt vergessen. Erinnere mich bloß daran. Wann müssen wir bei deinen Freunden sein? Wie hießen sie doch gleich noch?"
"Du meinst Klaus und Oliver?"
"Wen sonst? Warum erzählst du mir nicht mehr von ihnen?"
"Was hältst du davon, wenn wir nachher noch ein wenig spazieren gehen und uns dann in Ruhe unterhalten? Wir sind nämlich erst um drei dort verabredet und bis dahin haben wir noch genügend Zeit."
"Spazieren? So mit den Füßen, einen vor dem anderen?"

Sie sah mich frech an und verdrehte die Augen.

"Hast du einen besseren Vorschlag?"
"Nööö, ich gehe jetzt duschen."

Weg war sie. Ich befreite mich aus den warmen Federn und räumte das Tablett in die Küche, als es an der Tür klingelte.

"Kannst du mal aufmachen?"

Ich sauste zu ihr ins Bad.

"So?"

Ich hatte nichts an, meine Haare waren noch zerwühlt. Es klingelte wieder. Diesmal noch hartnäckiger. Chris sprang aus der Dusche und machte sich missmutig auf den Weg zur Tür.

Ich beschloss, in der Zwischenzeit zu duschen. Chris ließ sich nicht wieder blicken und so zog ich den Bademantel über, der an der Tür hing und öffnete vorsichtig die Badezimmertür.

Mir schien, als würden dort nicht Stimmen, sondern Wurfpfeile durch die Wohnung fliegen. Als ich sah, dass die Luft rein war, hüpfte ich mit zwei Riesensätzen ins Schlafzimmer. Welch eine Situation.

Ich musste leise lachen. Was tun? Wenn ich schon mal hier war, wollte ich mich auch stellen. Jeder Situation. Ich warf noch einen prüfenden Blick in den Spiegel und ging ins Wohnzimmer, aus dem das Stimmengewirr drang.

Als ich den Raum betrat, herrschte plötzlich Totenstille. Zwei feindselige Augen einer Frau, die nur einige Jahre älter war als ich, starrten mich an. "Ach, wenn das so ist."

Sie erhob sich, raffte ihren Mantel von der Lehne und schritt auf mich zu. Herablassend musterte sie mich. Chris starrte mit offenen Augen dieses Schauspiel an.

"Dass Sie sich nicht schämen, dieses Kind und Sie! In Ihrem Alter!"

Ich blickte zu Chris, die hilflos die Schultern zuckte, dann zu diesem Wesen, das wütend an mir vorbei schritt. Würdevoll den Kopf schüttelte, mit geübter Gestik ihrer Kritik Ausdruck verlieh, um dann die Haustür wenig hoheitsvoll mit einem lauten Knall hinter sich zuzuwerfen. Sie erinnerte mich an die böse Gouvernante aus einem meiner Kinderbücher. Und die hatte ich auch nie leiden können! Chris plumpste mit einem Stoßseufzer in den Sessel.

"Wer bitte war denn das?"

Ich blickte in Richtung Tür.

"Das war meine Mutter."

Chris schüttelte immer noch fassungslos den Kopf.

"Das war deine Mutter? Diese Würgmaus?"
"Diese was?"

Chris lächelte müde.

"Würgmaus!"

Ich war betroffen, auch wütend und hilflos zugleich. Ich habe ein sehr gutes und entspanntes Verhältnis zu meinen Eltern und auf solche Szenen war ich nicht vorbereitet.

Chris sah mich an und schüttelte den Kopf. Erhob sich aus dem Sessel und ging in Richtung Bad. Ich ließ sie erst einmal in Ruhe, wusste nicht, was ich dazu sagen sollte.

Das musste ich erst einmal selbst verdauen. Als Chris aber gar nicht wiederkam, ging ich ihr nach. Sie saß zusammengekauert in der Badewanne und ließ sich das heiße Wasser über den Kopf rinnen. Ich ließ sie gewähren, streichelte sie.

"Müssen wir unbedingt heute zu dem Essen?"

Sie schaute mich mit nassen Augen an.

"Nein. Ist schon in Ordnung."

Ich stand auf, rief bei Oliver an und erklärte ihm, was uns die Laune verdorben hatte. Ich versprach ihm, mich in der nächsten Woche zu melden. Dann ging ich zurück ins Bad, drehte das Wasser ab, zog Chris hoch, hüllte sie in ein Badelaken und schob sie ins Bett. Nahm sie in den Arm und so lagen wir dort sehr lange, schweigend.

"Magst du ans Meer? Na komm."

Ich stand auf, zog sie hoch und zusammen stöberten wir in ihrem Schrank nach passender Garderobe für uns beide. Eine halbe Stunde später saßen wir in meinem Wagen und waren auf dem Weg in Richtung Meer. Chris Laune besserte sich von Kilometer zu Kilometer und als wir später am Meer entlangliefen, schien sie wieder so fröhlich und unbekümmert zu sein wie sonst auch.

Die Sonntage schienen nicht zu unseren besten Tagen zu zählen. Abends fuhren wir gut gelaunt zurück und ich lud Chris zu mir nach Hause ein, da ich wusste, dass wir ihren Kühlschrank nicht plündern konnten. Wir hielten kurz an ihrer Wohnung, sie nahm sich frische Sachen für die Arbeit mit und wenig später standen wir in meiner Küche und ich brutzelte uns ein Abendessen.

Chris stand hinter mir, hielt mich im Arm und sah mir über die Schulter.

"Schön machst du das. Manchmal wünschte ich, ich könnte kochen."
„Du kannst nicht kochen? Wovon ernährst du dich?“
„Och, man schummelt sich so durch.“
„Da hast du ja Glück, dass ich kochen kann, was?“

„Ja, doch. Vielleicht lerne ich es ja doch noch einmal. Irgendwann."

Sie küsste mir auf den Hals, biss mir zärtlich in den Nacken.

"Chefköchin?"
"Ja?"
"Wird das schlecht, wenn es lange auf der Flamme steht? Kann es anbrennen? Kann man es notfalls aufwärmen?"
"Warum, hast du was zu Hause vergessen?"
"Nein, ich wollte es nur mal wissen. So als erste Kochstunde."

Sie knabberte mir am Ohr und als ich ihre Hände spürte, wie sie lustvoll und zärtlich über meinen Körper wanderten, stellte ich die Flamme ab. Ich schob sie sanft von mir weg und ging aus der Küche.

"Wenn du wissen willst, wie man Nachtisch macht, ich zeige es dir gerne."

Grinsend ging ich in Richtung Schlafzimmer. Chris hatte mich rasch eingeholt und schubste mich mit einem Schwung auf mein Bett. Ich konnte einfach nicht genug von ihr bekommen. Irgendwann tapste sie in die Küche, um uns etwas zu trinken zu holen. Triumphierend kam sie zurück. Die Hände hinter dem Rücken verschränkt.

"Ich kann auch Nachtisch machen."

Übermütig sah sie mich an.

"So?"
"Jawohl."

Sie hüpfte mit einem großen Satz ins Bett und landete auf meinen Beinen. Dann kam ihre Hand blitzschnell nach vorne und eh ich mich versah, waren lauter kleine Sahnetupfer auf meinem Bauch und Busen verteilt.

"Bist du von Sinnen, weißt du eigentlich, wie kalt das ist?"
"So???"

Sie rückte ein wenig nach hinten und begann langsam und bedächtig die Sahne abzulecken. Ich hatte lange stillgehalten, aber nun konnte ich nicht mehr warten, griff in ihre blonde Mähne und forderte sie zu mehr auf. Sie kam dieser Aufforderung nur zu gerne nach. Das Abendessen ließen wir ausfallen und schliefen später zufrieden ein.

Der Wecker riss uns aus den schönsten Träumen. Ich machte Frühstück. Chris mümmelte zufrieden an ihrem Brötchen. Sie saß mit angewinkelten Beinen auf dem Fensterbrett und schlürfte an ihrem Tee.

"Welche Schandtaten muss man begehen, damit man sich eine solche Wohnung leisten kann?"

Ich musste leise lachen.

"Du musst nur eine alte Frau werden. So wie ich."
"Findest du dich alt?"

Chris sah mich erstaunt an.

"Nein, eigentlich nicht, aber in der letzten Zeit hackt jeder auf meinem Alter herum."
"Weil ich so jung bin?"
"Ach, ich weiß nicht, ist ja auch egal, oder?"

Chris sah mich verschmitzt an.

"Ich find dich noch recht knackig."

Sie sah sich wieder um.

"Na gut, also was muss ich tun? Kann man das mit einem ehrlichen Beruf erreichen?"
"Chris, ich arbeite seit fünfzehn Jahren."

"Ach du Schreck. So lange soll ich noch arbeiten? Puh. Vor fünfzehn Jahren durfte ich noch nicht arbeiten. Weißt du, in Deutschland ist Kinderarbeit verboten."

Chris hatte ja Recht. Uns trennten immerhin fast zehn Jahre. Ich vergaß das in den letzten Wochen immer öfter.

Sie fragte viel, war neugierig. Mir machte es Spaß, ihr meine Welt zu zeigen.

Der Sommer zeigte sich in den schönsten Farben. Mittlerweile war es Juli geworden. Langsam musste ich mir Gedanken über meinen Jahresurlaub machen.

Chris hatte schon früh im Jahr gebucht. Sie wollte einen Sprachkurs besuchen. Träumte von einem langen Auslandsaufenthalt und ohne Fremdsprachenkenntnisse würde das sicher nichts werden.

"Wann fährst du eigentlich in Urlaub?"
"Hmmm. Anfang August, warum. Willst du mit?"
"Englisch lernen? Noch einmal? Ich glaube nicht."
"Aber London ist schön. Es gibt sicher viel zu sehen oder nicht?"
"Sicher, aber London im August? Ich weiß nicht. Regen haben wir ja wirklich selbst genug. Na, ich werd schon etwas Passendes finden. Werd mich mal schlau machen."

Chris kletterte von der Fensterbank.

"Ich muss los. Sehen wir uns nächstes Wochenende?"
"Am Wochenende?"
"Ich habe diese Woche nur Termine. Ich kann erst am Wochenende. Freitag?"
"Mal sehen, ich ruf dich an."

Ich bekam einen dicken Kuss und Chris verschwand. Ich konnte ihr Pfeifen hören, während sie die Stufen hinunterhüpfte. Ich räumte die Küche auf und machte mich auch auf den Weg.

Für das Wochenende sagte ich Chris ab, meine Mutter hatte eine kleine Gartenparty geplant und die wollte ich mir nicht entgehen lassen. Meine Eltern haben ein Haus vor den Toren Hamburgs. Ich genieße die Ruhe dort, lasse mich zu gerne verwöhnen.

Mein Vater ist mehr so ein norddeutscher oller Brummbär. Wenn man ihn küsst oder krault, erntet man stets ein etwas unwilliges Brummen. Aber er meint es gar nicht so. Wenn er dann in seinem Garten rumpusselt, ist er ganz in seinem Element. Abends, nachdem die Gäste gegangen waren, saßen wir noch eine Weile vor dem ausglühenden Grill.

Wir hatten uns alle drei in warme Decken gehüllt. Mein Vater war wie immer eingeschlafen, aber der Duft seiner Pfeife lag noch in der Luft.

Manchmal warf ich heimlich etwas von seinem Tabak ins Feuer. Ich liebe diesen Geruch. Das Feuer knisterte, die Flammen warfen Schatten in die Nacht. Es war schön warm. Meine Mutter seufzte einmal tief, mit sich und der Welt zufrieden.

"Ach, wie ich das liebe. Du solltest öfter mal vorbeischauen."

Jedes Mal sagte sie das. Ich musste lächeln. Gleich würde sie mich fragen, wie es mir denn geht, was der Beruf macht. Ob ich denn nicht wieder mit Carolin ...?

Sie hatten sich gut verstanden.

Es hatte gedauert, bis sich meine Eltern damals mit der Situation anfreunden konnten, aber sie mochten Carolin gerne und so fanden sie nicht sehr viele Argumente, mit denen sie sich selbst hatten überzeugen können, dass es so verkehrt war, wie wir lebten. Sie hatten uns sogar beim Einrichten der Wohnung geholfen. Ihnen war es am wichtigsten, dass ich glücklich war und das war ich damals.

"Wie geht es denn in der Firma?"

Ich hatte es gewusst.

"Geht es Carolin gut, seht ihr Euch noch? Ihr hattet es doch so schön."
"Mam, es ist vorbei. Das wird nicht mehr. Ich würde es auch gar nicht mehr wollen."
"Nein?"
"Nein. Es ist gut so, wie es jetzt ist."
"Aber du kannst doch nicht immer alleine bleiben. Gibt es denn niemanden in deinem Leben?"

Das war eine gute Frage. Gab es jemanden? Ich konnte mir diese Frage selbst nicht konkret beantworten. Ich mochte Chris, hatte sie gerne um mich, aber ihre Flippigkeit, ihr unbändiger Freiheitsdrang, machten mir doch zu schaffen. Zeitweise fand ich es sogar recht nervtötend.

Vielleicht sollte sie sich erst einmal richtig austoben. Obwohl, sie passte in mein Leben. Aber irgendwie waren wir beide auf der Hut, dass wir unsere Distanz nicht verkürzten, uns gegenseitig immer wieder unsere Selbstständigkeit bewiesen.

So wie jetzt. Ich hätte sie hierher mitnehmen können. Aber ich hatte es nicht getan, diesen Gedanken schnell wieder verworfen.

Als hätten wir Angst, dass Nähe zur Gewohnheit wird, Gewohnheit sich in Langeweile verwandelt und das Feuer, das zwischen uns loderte, dann am Alltag ersticken würde.

"Nun?"

Meine Mam ließ nicht locker.

"Ach, weißt du, ich weiß es nicht."

"Du weißt nicht, ob es in deinem Leben jemanden gibt. So ein Humbug!"

Sie setzte sich abrupt auf und sah mich jetzt scharf an. Mit diesem Mutter-Tochter-Prüf-Blick. Oh, den kannte ich nur zu gut. Es gab kein Entrinnen.

Ich erzählte ihr von Chris, natürlich nicht alles, sie wäre mit ihrem Klappstuhl zusammengebrochen. Obwohl, manchmal denke ich, sie würde es verstehen. Sie ist eine Frau, ich bin eine Frau. Und doch, hier blieb ich immer Kind. Sie erfuhr nun, wie ich Chris kennen gelernt hatte.

Unsere Auseinandersetzungen, meine Ängste nach dem Desaster mit Carolin. Die Faszination, die von Chris ausging. Ihre ruhige und ausgeglichene Art. Ihre Schusseligkeit, die mich doch auch zur Weißglut brachte. Ihre Art sich zu kleiden, überhaupt ihre ganze Erscheinung.

Meine Zweifel wegen unseres Altersunterschiedes. Den knackigen Po von Chris erwähnte ich nicht. Meine Mutter unterbrach mich nicht, hörte mir ruhig und geduldig zu. Nachdenklich saßen wir beide dort.

"Warum versuchst du es nicht einfach? Du kannst dich doch nicht ein Leben lang hinter deiner Karriere verschanzen. Was spricht denn wirklich dagegen? Dass sie noch in der Lehre ist? Das kann doch nicht der Grund sein. Wenn dich der Altersunterschied so stören würde, dann hättest du erst gar nichts mit ihr anfangen dürfen, oder?"

Ich wusste, dass meine Mutter Recht hatte, dass ich seit Wochen versuchte, meine aufkeimenden Gefühle mit vernünftigen Argumenten zu verdrängen. Ich erzählte ihr vom Auftritt der Würgmaus. Unseren ersten verkorksten Wochenenden.

"Solange ihr euch beide gegen eure Gefühle wehrt, wie wollt ihr euch da wirklich kennen lernen? Das kann doch auch überhaupt nicht funktionieren. Und der Altersunterschied. Dein Vater ist auch viel älter als ich und das einzige, was mich daran stört, ist, dass ich, wenn wir streiten, deshalb oft den Kürzeren ziehe."

Ich musste lachen. Ich kannte das Argument meines Vaters bei Auseinandersetzungen. Wenn er nicht mehr weiter wusste, pflegte er stets auf seine Lebenserfahrung hinzuweisen.

"Bring sie doch einmal mit."

Schnapp, die Falle war zu. Wenn sich meine Mam etwas in den Kopf gesetzt hatte, würde sie es auch durchsetzen. Und ihre nun entfachte Neugier würde sie befriedigen. Ich kannte sie in dieser Beziehung nur zu gut. Die Einladungen würden sich in der nächsten Zeit häufen, bis ich klein beigab.

Es war ein Spiel meiner Mutter und ich spielte immer mit. Ich hätte mir nie eine bessere Mutter, nein, bessere Eltern wünschen können. Ich versprach ihr, darüber nachzudenken.

Das Wochenende bei meinen Eltern war wie im Fluge vergangen und in der Firma ging es drunter und drüber. Es ist schon eine Faszination, wenn man in der Werbung arbeitet. Sie nimmt einem viele Illusionen, aber sie eröffnet einem auch immer neue Dimensionen.

Man denkt immer, es kann nun nichts Größeres und Faszinierenderes kommen und doch gibt es immer wieder eine Steigerung. Ich liebe diesen turbulenten Job. Obwohl der Stress einem manchmal auch noch die letzten Nerven raubt.

Wir hatten einen neuen Auftrag an Land gezogen und uns mit allem Elan hineingestürzt. Die Überstunden türmten sich und manchmal saßen wir noch mit dem ganzen Team bis in die tiefe Nacht hinein. Dies waren solche Wochen, in denen ich mich wohl zu recht fragte, wer denn mit mir leben solle. Wenn ich nach Hause kam, schlurfte ich noch ins Bad und dann kroch ich ins Bett.

Wir hatten bis zum Abgabetermin nur noch zwölf Tage Zeit. Ich hatte mit Chris nur ein paar Mal telefoniert, seit ich von meinen Eltern zurückgekommen war und ich würde sie auch nicht mehr treffen können, bevor sie in Urlaub flog.

Sie war mit ihren Urlaubsvorbereitungen ja sicher auch vollauf beschäftigt. Sie beklagte sich nicht, dass ich keine Zeit für sie hatte und ich war froh darüber. Ich würde sie aber zum Flugplatz bringen, das hatte ich ihr fest versprochen. Obwohl ich mich dazu ziemlich überwinden musste.

Ich hasse Abschiede in jeder Form. Der Abflugtermin rückte näher, unser Abgabetermin auch. Stress lass nach! Langsam aber sicher wurde ich selbst urlaubsreif. Nach diesem Auftrag würde ich auch erst einmal in die Sonne entfliehen.

Oliver und Klaus wollten nach Tunesien verreisen, vielleicht würde ich mich ihnen anschließen.

Ich konnte mich im Moment zu keiner Entscheidung durchringen, mein Job fraß mich mal wieder ganz auf.

"Mädels, Champagner für alle."

Meine Chefin stand strahlend in der Tür. Ein leises Raunen ging durch den Raum. Wir hatten es wieder einmal geschafft. Hugo, einer unserer großen und hartnäckigen Kunden, hatte unseren Vorschlägen zugestimmt.

Wir im Team hatten ihn irgendwann einmal spöttisch Hugo getauft. Hugo hieß das alte Auto von unserem Grafiker Kalle. Es fuhr, wenn es fuhr, bockend und störrisch. Wie gesagt, wenn es fuhr!

Wichtiger als der Motor und das Benzin waren bei seinem geliebten Vehikel das Abschleppseil, ein Starthilfekabel und viel, viel Zeit. Von Geduld gar nicht zu reden. Und doch, Kalle konnte sich von Hugo nicht trennen. So wie Hugo war auch unser Kunde. Launisch wie eine Diva. Mal rechts rum, mal links rum, jeden Tag fiel ihm noch etwas Neues ein. Aber wir hatten es mal wieder geschafft. Der Auftrag war perfekt.

Ich sank erschöpft und sehr zufrieden in meinen Drehstuhl. Mein Kollege strahlte mich an.

"Feierabend, Wochenende."

Schnappte seine Jacke und war auch schon verschwunden. Jetzt konnte ich mir auch endlich Gedanken über meinen Urlaub machen. Oh Gott, siedendheiß fiel mir Chris ein. Ich sah zur Uhr. Ich hatte ihr ja versprochen, sie zum Flughafen zu bringen. Mit einem Satz sprang ich auf, sauste durch das Büro, die Treppen runter und wenige Minuten später war ich unterwegs. Das hatte ich total vergessen.

Es gab mal wieder keinen Parkplatz. So ein verfluchter Hühnerscheiß aber auch. Licht konnte ich auch nicht brennen sehen. Sie schien gar nicht mehr da zu sein. Ich klingelte. Nichts. Ab in den Wagen. Es lebe die Technik.

Die nächste Telefonzelle war meine. Wie schön, dass es Anrufbeantworter gibt. Ich hörte das Band mit meiner Fernabfrage ab. Nichts. Ich schaute noch mal zur Uhr.

Das Datum! Sie flog ja erst morgen. Ich ging langsam zu meinem Wagen zurück. Der schöne Champagner. Na egal. Ich fuhr noch einmal zu ihrer Wohnung, aber sie war noch nicht da. Ich hinterließ ihr eine Nachricht, dass ich zu Oliver und Klaus fahren würde, weil ich noch nichts gegessen hatte. Sie wohnen über einer Studentenkneipe und dort gab es immer etwas zu essen. Günstig und schnell. Mir war auch schon ganz elend vor Hunger.

Von unterwegs rief ich Oliver an und wir verabredeten uns in der Kneipe. Wenig später ging es mir schon entschieden besser. Gegen Mitternacht fuhr ich nach Hause.

Die Klingel riss mich aus dem Schlaf. Ich schaute mürrisch auf die Uhr. Halb drei? Ich hatte gerade zweieinhalb Stunden geschlafen.

Ich quälte mich aus der Decke. Drückte den Türöffner. Sah durch den Türspion. Chris stapfte die Stufen hoch. Verschlafen öffnete ich die Tür.

Sie sah nicht aus wie jemand, der sich auf seinen Urlaub freut. Sie ließ den Rucksack auf den Boden gleiten, nahm mich in den Arm und küsste mich lang und zärtlich und schmiegte sich in meinen Arm. Langsam wurde ich wacher.

"Willst du auch einen Kaffee?"

Ich zog sie mit in die Küche.

"Nur meine Ruhe."
"Wieso, was ist passiert?"
"Unsere Firma macht dicht."
"Einfach so?"
"Ich weiß auch nicht."
"Was ist mit deiner Ausbildung?"

Chris war im letzten Ausbildungsjahr ihrer Tischlerlehre. Das waren ja einfach tolle Neuigkeiten.

"Es kommt noch besser."
"Noch besser?"

Ich war mit einem Mal hellwach. Nahm sie in den Arm.

"Weißt du was? Ich ziehe mich an und wir gehen spazieren, ja? Dann kannst du mir alles in Ruhe erzählen."
Chris nickte.

Wir spazierten durch die laue Sommernacht, Arm in Arm und irgendwie schien es, als müsse das mit uns so sein. Irgendetwas schien uns zu verbinden. Ich konnte es mir kaum erklären. Wollte ich das überhaupt? Ich wollte genießen, solange es auch immer möglich war. Wir hatten nie an eine Zukunft denken wollen und nun schien es, als seien wir mitten drin. Ich fand es schön, dass sie mit ihren Sorgen zu mir kam, selbst wenn es mitten in der Nacht war.

"Na erzähl, was ist passiert?"
"Wo soll ich bloß anfangen?"
"Vielleicht am Anfang?"
"Wenn ich nur wüsste, wann das alles angefangen hat. Aber ich werde versuchen, für dich einmal da Ordnung rein zu bringen."

Ich drückte sie aufmunternd an mich.

"Angefangen hat es vor Jahren. Ich sollte studieren und in die Apotheke meines Vaters einsteigen. So hatten meine Eltern das für mich geplant, weil ich ja ihr einziges Kind bin. Aber ich habe das Abi nicht geschafft. Ich wollte es auch gar nicht. Nach der Mittleren Reife habe ich geschmissen. Na, du kannst dir denken, was da los war."

Oh ja, das konnte ich mir lebhaft vorstellen. Ihre Mutter war mir in bester Erinnerung geblieben.

"Dann habe ich des lieben Friedens willen eine Ausbildung gemacht. Arzthelferin. Und das mir! Ich war kreuzunglücklich, aber das war völlig unwichtig. Ich wurde nach der Ausbildung übernommen. Da ich Holz schon immer geliebt habe, fing ich an, abends Werkkurse zu belegen. So kam ich zur Tischlerei. Für meine Eltern war die Welt ja in Ordnung. Ich war ihr kleines Mädchen und hatte eine vorzeigbare Stellung. Sie boten mir an, in die Hamburger Wohnung zu ziehen, damit ich nicht mehr den weiten Anfahrtsweg auf mich nehmen müsse. Na ja, sie gehört ihnen und mit meinem Gehalt konnte ich sie mir ja auch leisten. Dann hat mir mein Kursleiter eine Lehrstelle angeboten. In einer Tischlerei."

Ich konnte mir denken was kommt. Aber es kam dicker.

"Ich habe mich beworben und man hat mich genommen. Als es dann mit dem Geld eng wurde, habe ich diesen Job in der Kneipe angenommen.

Tja, es ging auch alles ganz gut. Meine Eltern wohnen in der Nähe von Bremen. Ich hatte ihnen nichts erzählt. Was keiner weiß ..., na ja. Sie haben nie gefragt und ich habe nichts erzählt."

Ich war sprachlos.

"Die haben nichts gemerkt? Die ganze Zeit?"
"Im ersten Jahr haben sie nichts gemerkt. Im zweiten Ausbildungsjahr hat unsere Klasse an einem Wettbewerb teilgenommen. Man hat uns als Gewinner und Vorbilder fotografiert und ein Bekannter von meinem Vater hat es in der Zeitung gelesen und ihm dann auch gleich gezeigt."
"Mein Vater wäre vor Stolz geplatzt."
"Deiner vielleicht, meiner nicht."
"Und dann?"
" Na ja, ich hatte zu der Zeit eine feste Freundin und die war zu mir gezogen. Wir teilten uns die Miete und waren eigentlich recht zufrieden."
"Eigentlich?"
"Bis zu dem Zeitpunkt schon. Meine Eltern wussten ja auch davon nichts. Ich kam von der Arbeit nach Hause und meine Freundin war verschwunden."
"Einfach so?"
"Nein, nicht einfach so, meine Mutter hatte sie noch am selben Tag rausgeschmissen. Sie hat ja einen Schlüssel und du kannst dir meine Mutter vorstellen, wenn sie erst einmal richtig in Fahrt gerät."
"So wie bei uns?"
"Da war sie doch noch ganz ruhig."
"Der Auftritt hat mir schon völlig gereicht."

Wir kamen an einer Kneipe vorbei und kehrten dort ein. Ich weiß nicht, wie viele Stunden wir schon herumgewandert waren.

Wut, Entsetzen, Erstaunen, Fassungslosigkeit, ich konnte mich nicht für ein Gefühl entscheiden.

"Wo ist deine Freundin jetzt?"
"Bei mir wohnen konnte sie ja nun nicht mehr. Ich musste wieder in der Kneipe arbeiten, weil ja das Geld nicht mehr reichte und meine Mutter tauchte nun jeden Monat zur Kontrolle auf. Betti und ich stritten zum Schluss nur noch und dann haben wir uns getrennt. Du hast sie schon mal gesehen, wir waren abends in der Kneipe."
"In der Kneipe?"
"Na, in deiner Stammkneipe."

Jetzt fiel es mir wieder ein. Doch, ich konnte mich noch sehr gut an meine Nebenbuhlerin erinnern. Jedenfalls hatte ich sie dafür gehalten.

"Wir sahen uns noch ab und an, aber eine Beziehung war nicht mehr möglich. Ich hielt das auch nicht aus. Jeder zog an mir herum. Sie, meine Mutter, mein Vater. Ich war völlig genervt. Mein Vater wollte mich nicht mehr sehen. Ich sei so etwas wie der Schandfleck der Familie. Meine Mutter bombardierte mich mit irgendwelchen Terminen, die sie bei namhaften Psychiatern für mich arrangiert hatte. Damit man mich noch retten könne. Ich sei sicher nur in einer Lebenskrise. Aber das könne man ja wieder richten. Wenn da nur der Richtige käme.

Irgendwie herrschte plötzlich Krieg und ich war mittendrin. Keiner fragte, was ich denn möchte. Niemand bemerkte meinen Liebeskummer. Gefühle schienen überhaupt nicht zur Diskussion zu stehen.

Meine Welt lag in Scherben und keiner ließ sich die Chance entgehen, auch noch einmal oben drauf zu treten."
"Und dann treffe auch noch ich auf deine Mutter."

„Das war ja kein Zufall."
"Nicht?"
"Nein."

Ich bestellte uns noch ein Bier. Was war doch meine Welt in Ordnung. Wenn ich da an mein Zuhause dachte.

Ich würde meine Mutter gleich morgen küssen und drücken und meinem Vater drei Packungen von seinem Lieblingstabak schenken.

"Meine Mutter kontrolliert ja ab und an die Wohnung und ich hatte deine Telefonnummer mit vielen bunten Herzen verziert."
"Hattest du?"

Chris wurde unter meinem Blick ganz verlegen.

"Ja, hatte ich. Dann hat sie sich zwei und zwei zusammengezählt und immer nachts angerufen und ein paar Mal war ich ja auch nicht da."
"Nicht?"
"Nein, das weißt du doch."

Ich küsste sie auf den Mund und zwinkerte ihr frech zu.

"Doch, ich glaube ich kann mich erinnern. Irgendwas war da doch noch."
"So stand sie dann auch plötzlich unangemeldet in der Tür an dem Sonntag. Sie hatte mir damals klar gesagt, dass sie mich sofort aus der Wohnung werfen würde, wenn sie mich noch einmal mit einer solchen... antreffen würde."
"Mit einer...?"
"Das möchte ich lieber nicht wiederholen."

Ich konnte nur den Kopf schütteln. So was kannte ich nicht. Nun gut, meine Eltern waren auch nicht glücklich darüber, dass ich nie heiraten würde und auch keine Kinder haben wollte, aber solche Reaktionen. Ein Albtraum!

"Mit der Wohnung ist das letztlich egal, wenn ich meinen Job verliere, kann ich sie eh nicht mehr finanzieren. Nicht mal mit dem Kneipenjob. Ich habe meinen Urlaub gestern noch storniert. Ich muss mir eine andere Firma suchen, bei der ich meine Ausbildung zu Ende machen kann. Jetzt habe ich ja zwei Wochen Zeit."
"Was hat das mit deiner Wohnung zu tun?"

Ganz begriff ich die Zusammenhänge nicht.

"Meine Mutter hat mir gestern schriftlich mitgeteilt, dass sie die Wohnung zum ersten Oktober vermietet hat. Bis dahin muss ich raus. Ich habe ja keinen Mietvertrag und somit keine Chance, die Wohnung zu behalten. So kann ich mir gleich eine billigere Bleibe suchen."
"In Hamburg? Bei einhundertzwanzigtausend Wohnungssuchenden?"
"Was soll´s. Dann bin ich eben die Erste von denen, die eine Wohnung finden wird. Ich muss einfach."

Auf diese tollen Neuigkeiten bestellte ich uns noch ein Bier. Wir waren schon ein Gespann. Ich himmelhochjauchzend und sie zu Tode betrübt. Was hatte ich heute doch einen erfolgsverwöhnten Tag gehabt. Um nichts in der Welt würde ich tauschen mögen.

"Wenn du nicht in Urlaub fährst, wofür ist dann der Rucksack?"
"Da habe ich meine persönlichen Sachen drin, damit sie nicht in falsche Hände kommen. Meine Mutter wird nun wöchentlich kommen."
"Den Rucksack kannst du ja bei mir lassen. O.k.?"
"Wäre schon toll. Übrigens muss ich am Montag wegen einer Lehrstelle vorsprechen.

Ich habe heute gleich mit meinem Kursleiter telefoniert und der will sich für mich stark machen. Wenn das klappt, könnte ich zum nächsten Ersten schon wechseln. Ich habe jetzt vier Wochen Urlaub, weil ich ihn ja nicht mit in die neue Firma nehmen kann. Wird sich schon alles klären."

Für mich war es geradezu verblüffend, mit welcher Ruhe sie die Dinge anging. Ich wäre ausgerastet, aber ich hatte auch nie solche Probleme kennen gelernt.

In meinem bisherigen Leben hatten sich Dinge, wie Wohnungs- und Arbeitssuche problemlos aneinander gereiht.

Als die Kneipe schloss, wanderten wir langsam wieder zurück in meine Wohnung. Übers Wochenende könnte Chris ja bleiben und dann würden wir weitersehen. Wir beschlossen noch, an diesem Wochenende ans Meer zu fahren und uns ein wenig den frischen Wind um die Nase wehen zu lassen.

Das Telefon riss uns gleich am frühen Morgen aus den Federn. Isi wollte mich zu einem Stadtbummel überreden. Ich erklärte ihr, dass Chris bei mir sei und zu dritt hatte sie keine Lust. Nun, ich konnte sie nicht umstimmen, aber ich hatte auch keine Lust, mich zwischen Chris und ihr zu entscheiden.

Wenig später rief Oliver an und ich erzählte ihm den neusten Stand der Dinge. Ein langes Schweigen war die Antwort.

"Bist du noch dran?"
"Ja, ja. Ist ja ein Hammer. Und was willst du nun machen?"
"Ich weiß es noch nicht. Kam ja auch alles etwas plötzlich. Wichtig ist erst einmal, dass Chris ihre Ausbildung fertig machen kann."
"Und die Wohnung?"
"Noch ist ja ein bisschen Zeit. Bis zum ersten Oktober ist ja noch ein wenig hin. Hast du nicht einen Tipp?"
"So auf die Schnelle? Na, wir werden das schon wieder in Ordnung bringen."

Plötzlich hörte ich Klaus im Hintergrund etwas brummeln. Dann Oliver und wieder Klaus.

"Sanni? Wollen wir nicht alle zusammen zum See fahren? Klaus hätte Lust. Na wie wäre das? So in einer Stunde? Klaus muss sich erst noch hübsch machen."

Oliver lachte leise.

"Ich frage mal Chris, ob sie mit will, ja? Moment."

Ich sauste ins Schlafzimmer und weckte Chris mit einem lauten Schmatzer auf ihr Ohr.

"Bist du fit? Wie ist es mit baden? Du kannst ja nachher weiterschlafen."

Chris nickte verschlafen und unwillig knurrend verschwanden ihre einszweiundsiebzig wieder unter der Bettdecke.

"Oliver? Sie hat genickt und gebrummt. Ich fasse das einfach als Zustimmung auf. Wann wollen wir los?"
"Na, Klaus brutzelt gerade Frikadellen und ihr könntet uns in einer Stunde abholen. Sorgt ihr für die Getränke?"

Ich sagte zu und legte auf. Er sagte das "ihr" mit einer Selbstverständlichkeit. Ich ließ es noch einmal nachklingen. Ihr. Ihr? Ich raffte mich auf. Die Reaktion von Isi war da doch eher reserviert ausgefallen. Aber heute war mir das egal. Jetzt nichts wie auf zum Baden.

Ich hatte ziemliche Mühe, dieses verschlafene und störrische Wesen aus dem Bett zu bekommen. Zwei Stunden später lagen wir faul in der Sonne.

Klaus wippte rhythmisch mit den Füßen vor meiner Nase herum. Die Musik aus seinem Walkman schien recht flott zu sein. Nebenbei spielte er mit seinem Computerspiel.

Ein Pfeifen und Summen wechselte regelmäßig mit einem leisen Fluch ab.

Oliver und Chris tummelten sich derweil im Wasser. Sie hatten sich auf Anhieb verstanden und beschlossen, ein Wettschwimmen zu veranstalten. Ein Schatten fiel auf meine Decke.

"Hallo Sanni."

Ich richtete mich auf und sah direkt in die Augen meiner lieben Carolin. Sie hatte ich hier nun zuletzt erwartet.

"Was machst du denn hier?"
"Baden."

Sie grinste frech und plumpste neben mir auf die Decke.

"Und du?"
"Baden."

Ich grinste genauso frech zurück.

"Ich habe gehört, du vergnügst dich zurzeit mit Kindern?"

Ach, daher wehte der Wind. Carolin hatte von Chris erfahren. Tja, Hamburg war ein Dorf, wenn es um Neuigkeiten ging. Sie wollte Streit? Den konnte sie haben!

In diesem Moment kamen Oliver und Chris zurück. Ich seufzte tief und leise in mich hinein. Oliver war nicht sehr gut auf Carolin zu sprechen und das beruhte auf Gegenseitigkeit. Chris schaute interessiert erst auf Carolin, dann auf mich. Carolin erhob sich und musterte Chris. Oliver schenkte sie nur ein knappes Nicken.

"Aha, das ist also das "Kind"."

Chris zog runzelnd die Augenbrauen. Oh, ich kannte diesen Gesichtsausdruck. Er verhieß nichts Gutes.

"Sanni, würdest du mich bitte der älteren Dame einmal vorstellen?"

Das konnte ja noch heiter werden. Aber zu meinem großen Erstaunen drehte sich Carolin auf dem Absatz um und verschwand, ohne ein weiteres Wort an uns zu richten. Chris legte sich auf ihr Badelaken, stülpte sich ihrerseits die Kopfhörer auf die Ohren und damit war das Thema für sie anscheinend erledigt. Oliver konnte sich kaum noch halten vor Lachen.

"Eins zu null für Chris, was? Deiner Ex ist wohl die Trennung auf den Magen geschlagen."
"Die Trennung?"
"Du arbeitest zu viel, mein Schatz. Ihre große Liebe ist vor ein paar Wochen ausgezogen. Die hat jetzt eine Neue. Das munkelt man jedenfalls."
"Ich bin platt."

Davon hatte ich bisher nichts gewusst. Aber die Wunden waren längst verheilt, ich konnte mich darüber nicht freuen. Und dann dieser seltsame Auftritt eben. Ich verstand das nicht. Vielleicht wollte sie nur Dampf ablassen.

Ich dachte an die großen Reden, die sie damals geschwungen hatte, als sie mich verließ. Sie sei der Liebe ihres Lebens begegnet und mit uns, dass sei eben "nur" so eine Jugendliebe gewesen. Irgendwann würde ich das sicher verstehen. Nein, ich hatte es nie recht begriffen. Sie hatte mit dieser Frau ein neues Leben aufbauen wollen. In unserer Wohnung.

Nein, ich hatte es nie verstanden, nicht glauben wollen, dass man auf dem Unglück eines Menschen sein Glück bauen kann. Sie hatte mich einfach ausgetauscht. Hatte mich mit der anderen wochenlang betrogen. Es schien, als habe es ganz Hamburg gewusst. Nur ich war blind durch die Welt gelaufen. Bis Oliver mir damals die Augen öffnete.

Ich hatte sie zur Rede gestellt, sie stritt ab, nannte Oliver einen Intrigenhengst. Ich ließ nicht locker, wollte wissen, woran ich war. Sie stritt beharrlich ab. Dann stellte ich ihre "Neue" zur Rede. Wenn ich in meiner Beziehung Probleme hätte, müsse ich das schon zu Hause klären.

Das war mir Antwort genug. Ich zog aus, die andere zog ein. So einfach war das. Für Carolin der Weg des geringsten Widerstandes. Ich hatte auch keine Lust zu kämpfen. Glaubte ihr nicht, wenn sie auch noch versuchte, ihr Verhalten zu beschönigen. Ein fliegender Wechsel, den ich nie begriffen hatte. Als habe es uns nicht gegeben.

Carolin machte es sich leicht. Sie lebte ihr Leben einfach weiter. Nur mit einer anderen eben. Fuhr mit der Neuen an all die Orte, an denen wir glücklich gewesen waren. Ich mied diese Orte. Und nun war ihr die Frau, für die sie unsere Beziehung aufgegeben hatte, weggelaufen.

Ich dachte gerne an unsere gemeinsamen Jahre zurück, aber ich wollte sie nicht wieder aufleben lassen. Sicher war auch bei uns nicht immer nur Sonnenschein gewesen, aber ich sah immer die Liebe und Treue meiner Eltern und glaubte damals, das Leben würde es auch so gut mit mir meinen. Ich blickte zu Chris, meinem "Kind". Wie herablassend Carolin das gesagt hatte. Ich nahm die Sonnencreme und begann, ihr den Rücken einzucremen.

"Na, wovon träumst du?"
Oliver stieß mich an.
"Aber Sanni, du wirst doch nicht!"

Er hatte Recht, ich hätte hier und sofort über Chris herfallen können. Sie lag völlig bewegungslos und doch spürte ich, dass sie meine Zärtlichkeit genoss.

"Ich gehe jetzt ins Wasser."
"Abkühlen?"
"Ja."

Wir hatten an diesem Tag noch eine Menge Spaß. Carolin ließ sich nicht mehr blicken und es war schön zu sehen, wie einfach und locker die Drei miteinander umgingen.

Chris passte irgendwie völlig unkompliziert zu uns. Abends zogen wir zusammen durch die Kneipen und erst früh am nächsten Morgen fielen wir erschöpft in unsere Federn.

Den ganzen Problemen waren wir so großräumig aus dem Weg gegangen. Ich hatte nicht mehr sehr viele Gedanken daran verschwendet.

Am Dienstag rief mich Oliver in der Firma an. Es musste schon etwas Besonderes passiert sein, er vermied es, mich dort anzurufen. Er kannte meinen turbulenten Job und wusste, dass ich selten allein im Büro war.

Mein Kollege erhob sich und verschwand zum Mittagessen. Das passte ja gut.

"Na Oliver, was ist los? Ist was passiert?"

Oliver arbeitete in einem Reisebüro in der City und ich hatte schon manch ein Schnäppchen durch ihn ergattert.

"Sag mal Sanni, was machen denn eigentlich deine Urlaubspläne?"
"Wie kommst du denn jetzt darauf?"
"Nun sag schon, wie steht es denn damit?"
"Du, ich weiß noch nicht."
"Wolltest du nicht bald? Jedenfalls hast du das letzte Woche gesagt. Steht das denn noch? Du lebst doch sonst nur von einem Urlaub zum nächsten."

Ich verstand gar nichts mehr.

"Sanni? Bist du noch dran? Ja? Schön. Na wie wäre es denn mit einer Woche. Kleines Appartement auf den Kanaren? Last minute? Ein Spitzensupersonderangebot? Sonntag geht es los? O.k.?"

Sicher war ihm das Wochenende nicht bekommen. Vielleicht zuviel Sonne?

"Sag mal Oliver, mit dir ist alles in Ordnung?"

Er lachte laut.

"Doch, aber was ist denn nun?"
"Ich kann doch nicht mal eben so für eine Woche abhauen, einfach so."
"Wegen Chris?"
" Na ja, auch, aber ich muss das doch auch erst einmal klären. Meine Chefin fragen"
"Klärst du das bitte und rufst mich in einer halben Stunde zurück? Sonntag fliegst du und in einer Woche hole ich dich dann wieder ab. Bis nachher."

Es klickte und das Gespräch war beendet. Jetzt musste er völlig übergeschnappt sein. Ich sah auf die Uhr. In einer halben Stunde hatte er Mittagspause. Na warte, dem würde ich mal den Kopf waschen. Trotzdem erkundigte ich mich vorher bei meiner Chefin, ob das mit dem Urlaub klappen würde. Sie hatte keine Bedenken. Als ich das Reisebüro betrat, verstand ich überhaupt nichts mehr. Chris und Klaus saßen bei Oliver und wollten sich ausschütten vor Lachen, als sie mich um die Ecke biegen sahen.

"Nun?"

Ich baute mich bedrohlich vor ihnen auf.

" Na ja, das ist ja mal so..."
"Ja?"
Ich versuchte zumindest, ein ernstes Gesicht zu machen.

"Oliver?"

Er blickte Hilfe suchend zu Klaus, der schaute völlig unbeteiligt aus dem Fenster. Allein dieses freche Grinsen.

Ich sah zu Chris.

"Ich höre!"
"Heute Mittag, also vorhin, sah ich aus dem Fenster und gerade in diesem Moment kam Chris vorbei."

Er sah zu ihr.

"Nun sag du doch auch mal was."
"Ich habe den Ausbildungsplatz."
"Du hast was?"
"Die Lehrstelle, vorhin kam der Anruf. Ich kann zum nächsten Ersten wechseln."

Ich war sprachlos. So ein unverschämtes Glück. Das hatte ich nicht erwartet.

"Tja und dann komme ich hier vorbei und treffe Klaus und der war mit Oliver verabredet und als wir dann hier so zusammen saßen ... Hast du nicht Lust? Wir könnten doch alle vier für eine Woche...?"

Sechs Augen sahen mich an. Eine glatte Verschwörung. Ich gab mich geschlagen.

"Meine Chefin sagt ja und was ist mit euch?"

Manchmal konnte das Leben so gut zu einem sein. Wenn ich noch an Freitagnacht dachte. Ich lud Chris zum Essen für den Abend ein. Das Reiseziel war mir egal. Für eine Woche. Die Drei würden das schon managen. Ich musste zurück ins Büro. Chris könnte mich ja abends aufklären, wohin wir denn nun fahren würden.

Ein paar Tage später standen wir am Flughafen und stießen auf diesen schnellen Entschluss mit Sekt an. Fünf

Stunden später entstiegen wir dem Flugzeug und die Sonne empfing uns.

Wir holten alle tief Luft. Es roch nach Urlaub. Oliver kümmerte sich um all die lästigen Kleinigkeiten und kurz darauf saßen wir im richtigen Bus, der uns in unser Hotel brachte. An der Rezeption bekamen wir unsere Schlüssel ausgehändigt.

Wir stifteten doch etliche Verwirrung. Zwei Männer und zwei Frauen, aber nicht verheiratet und dann wollen die Männer in dem einen und die Frauen in dem anderen Zimmer schlafen? Der ältere Herr an der Rezeption bemühte sich um Fassung. Wir amüsierten uns köstlich.

Abends gingen wir den Ort erkunden und zugleich die Lokalitäten.

Da man uns für zwei Pärchen hielt, konnten wir uns ungestört bewegen. Tagsüber faulenzten wir am Strand. Mieteten uns einen kleinen Geländewagen und sausten durch die karge Landschaft. Wenn wir in den Bergen unterwegs waren, konnten wir uns unbeschwerter bewegen.

Am Strand und im Hotel waren wir doch immer darauf bedacht, kein Ärgernis heraufzubeschwören. Lesben schienen den Jagdinstinkt der Männer zu wecken, Schwule wurden schnell zu Geächteten.

Oliver und Klaus hatten da so ihre einschlägigen Erfahrungen. So genossen wir den Urlaub zu viert in vollen Zügen.

Chris und Oliver hatten sich irgendwie gesucht und gefunden. Oft bummelten sie Hand in Hand vor uns her. Es war ein schöner Anblick. Oliver mit seinen kurzen, dunklen Haaren, seinen für ihn typischen Bermudashorts und Turnschuhen. Chris mit ihrer schlanken durchtrainierten Gestalt, die blonde Mähne hochgesteckt, die kurzen Shorts, die ihre gute Figur noch betonten, das Seidenhemd, das sanft ihre Rundungen umspielte. Ich sah sie gerne an. Wenn sie so vor uns gingen, man könnte sie für ein frisch verliebtes Paar halten.

Klaus und ich trödelten stets hinterher. Wir beide liebten den Schaufensterbummel und ewig mussten Oliver und Chris auf uns warten. Ein schöner Urlaub, der leider viel zu schnell verflog. Eine Woche später hatte uns dann der Alltag wieder, wenn auch knackig braungebrannt.

Chris bemühte sich, ihre Wohnungssituation zu klären. In ihrer neuen Lehrfirma hatte sie sich erstaunlich schnell eingelebt. Isi hielt nur noch einen sehr losen Kontakt, sie mochte Chris nicht, aber das würde sich mit der Zeit hoffentlich wieder einrenken.

Isi wollte Chris nicht nett finden, weil ich ihr nun mehr Aufmerksamkeit schenkte und wir mittlerweile viel gemeinsame Zeit miteinander verbrachten.

Wenn Isi verliebt war und deshalb keine oder nur wenig Zeit für mich hatte, war das natürlich etwas ganz, ganz anderes.

Die Wochen zogen ins Land und in der Agentur begann langsam der Weihnachtsstress. Der erste Oktober rückte unaufhaltsam näher. Chris überlegte zurzeit, was sie mit den Möbeln anstellen würde, wenn sie keine Bleibe finden würde.

Und es hätte alles so weiterlaufen können, so friedlich. So harmonisch. Wir waren uns sehr nahe gekommen. Ich musste mir insgeheim zugestehen, dass ich mich bereits zu diesem Zeitpunkt ziemlich in Chris verliebt hatte, aber wir klärten beide die Situation nicht.

Chris und ich verbrachten sehr viel Zeit mit Oliver und Klaus. Aber oft waren wir uns auch selbst genug. Wir sprachen selten über Gefühle, klammerten sie einfach aus unserem Leben aus.

Wir ließen uns treiben, einfach alles auf uns zukommen. Ich war eine gebundene Junggesellin und fühlte mich wohl. Dabei wollte ich es auch belassen.

Ich fühlte mich durchaus zur Treue verpflichtet. Nicht, weil Chris es verlangt hätte. Nein, ich hatte da meinen ganz eigenen Standpunkt und war sehr froh, dass Chris ihn teilte. Ich hätte auch die Vorstellung nicht ertragen, dass sie diese Zärtlichkeiten, diese intime Nähe auch mit einer Anderen erlebte. Freiheit ging für mich nur so weit, solange ich die Grenzen eines anderen nicht überschritt. Danach hatte ich immer gelebt.

Ich hatte es so bei meinen Eltern erfahren und dort funktioniert es. Meine Eltern hatten sich nie für den anderen aufgegeben, aber sie hatten auch immer versucht, den anderen Standpunkt des Partners in ihre Pläne mit einzubeziehen, ohne sich dabei selbst zu verlieren.

Mein Vater würde nie eine Entscheidung treffen, wenn er wüsste, dass meine Mutter damit nicht glücklich wäre. Meine Mutter betonte immer wieder, sie lebe dafür, dass wir glücklich wären und sie hätte es nie bereut. Sie hätte darin nie einen Verzicht gesehen.

Niemand hätte sie schließlich je dazu gezwungen. Sie hätte immer unsere Liebe gespürt und darauf vertraut, dass die Liebe, die sie sät, auch die Liebe sein würde, die sie erntet. Früher hatte ich das als verschrullte Ansicht betrachtet, aber ich merkte mit den Jahren doch, wie gleich ich eigentlich lebte.

Ich hatte nie das Bedürfnis, Chris zu betrügen, sie entfachte immer wieder aufs Neue meine Fantasie und der Alltag hatte uns noch nicht eingelullt. Dann kam dieser Tag im September!

Chris hatte bei mir übernachtet. Wir hielten uns nur selten in ihrer Wohnung auf. Allein die Vorstellung, dort der Würgmaus zu begegnen, hielt uns beide davon ab. Noch bevor der Wecker klingelte, wurde ich zärtlich geweckt. Ich stellte mich schlafend, aber Chris ließ nicht locker. Ich spürte ihre Lippen, die langsam an meinem Rücken herunterwanderten, die warmen Küsse, mit denen sie meine Beine bedeckte. Sie rückte mit jedem Kuss ein wenig tiefer und zog ihre Hände in denselben Abständen nach. Als ihre Lippen meine Füße erreichten, streichelten ihre Hände zärtlich meinen Po. Ich stellte mich weiterhin schlafend.

Nun riss sie die Decke weg, sprang auf, klatschte mir leicht auf den Po, biss mir in Selbigen und schlug noch einmal bekräftigend darauf. Ich fuhr herum, schnappte sie, griff in ihre blonde Mähne und zwang sie mit sanfter Gewalt, meinen Busen zu küssen. Schob ihren Kopf in meinen Schoß und genoss ihre Wildheit.

Der Wecker klingelte und ich ließ ihn mit einem gekonnten Schlag verstummen. Ich würde mich nicht stören lassen! Jetzt nicht! Ich gab mich meiner Lust hin und lag eine Weile später mit einer lüsternen Frau im Arm völlig geschafft in meinem Bett. Sie kicherte leise. Ich drehte ihr Gesicht zu mir.

"Woran denkst du?"
"An den Fahrstuhl."
Ich wurde knallrot.

Wir waren vor ein paar Wochen im Theater und hatten meinen Wagen im Parkhaus abgestellt. Auf dem oberen Parkdeck. Chris hatte ein Kostüm an und sah unverschämt gut aus.

Ich genoss es, wenn jeder sie ansah. Chris streichelte mich während der Vorstellung immer wieder am Bein und flüsterte mir kleine Schweinereien ins Ohr.

Wir waren beide sehr versucht, in der Pause zu gehen, aber wir hielten durch. Es hatte ja auch seinen Reiz, wenn man die Lust des anderen spürte und sich beherrschen musste.

Wir wussten beide, dass wir unsere Lust bis nach Hause retten konnten. Auf dem Weg zum Wagen stiegen wir dann in den Fahrstuhl vom Parkhaus. Chris stand zuerst ganz artig neben mir. Das Ehepaar, das mit uns fuhr, stieg in der ersten Etage aus.

Als sich der Fahrstuhl wieder in Bewegung setzte, stürzten wir uns wie zwei Ausgehungerte aufeinander. In der nächsten Etage hielt der Aufzug wieder. Zwei Frauen stiegen ein.

Wie ertappte Sünder fuhren wir auseinander. Im dritten Stockwerk stiegen die beiden Frauen wieder aus. Die Tür ging zu und ... na ja. Im Vierten hielt dieses verfluchte Ding wieder, die Tür ging auf, aber es wollte überhaupt niemand einsteigen.

Als der Fahrstuhl sich wieder in Bewegung setzte und gerade im fünften Stockwerk halten wollte, griff Chris kurz entschlossen zum Stoppschalter und schnippte ihn nach oben. Abrupt blieb der Fahrstuhl stehen. Sie sah mich lustvoll an. Ihre Augen wurden dunkler. Ich kannte diesen Blick nur zu gut.

"Jetzt reicht es, jawohl."

Sagte es und wir taten, wonach uns schon seit Stunden war. Völlig zerwühlt fuhren wir eine Ewigkeit später weiter, grinsten, als wir ausstiegen, recht verlegen in die Runde und waren sehr schnell im Wagen verschwunden. Ja, die Sache mit dem Fahrstuhl…!

Aber jetzt hatte uns der frühe Morgen wieder in seinem Bann. Chris kletterte aus dem Bett.

"Erst machst du mich scharf und jetzt soll ich den ganzen Tag so herumlaufen. Ach, hab ich es schwer."

Sie bemühte sich, ein recht klägliches Gesicht zu ziehen.

"Du tust mir richtig leid."
"Ich mir auch."

Ich schwang meine Beine aus dem Bett.

"Wenn du schnell Brötchen holst, mach ich in der Zeit Kaffee, dusche und dann frühstücken wir im Bett. Na, ist das ein Angebot?"

Chris sah mich schelmisch an.

"Mach ich glatt, aber willst du nicht nachher duschen?" Dabei grinste sie sehr zweideutig. Gut gelaunt hüpfte sie in ihre Jeans.

Die Tür klappte und ich konnte sie die Stufen hinunterpoltern hören. Pfeifend kochte ich Kaffee und als es kurz darauf stürmisch klingelte, sauste ich barfuss zur Tür, öffnete sie mit einer Hand und war schon auf dem Weg zurück in die Küche, als es wieder klingelte. Ich drehte um.

"Warum klingelst du denn zweimal?"

Ich öffnete die Tür ganz. Es war nicht Chris, sondern meine Nachbarin. Sie schien völlig außer Atem.

"Guten Morgen, entschuldigen Sie."

Ich sah sie fragend an. Sie war völlig außer sich.

"Wollen Sie nicht reinkommen?"

Sie schüttelte den Kopf und war schon wieder auf dem Weg nach unten.

"Kommen Sie, schnell, es ist etwas passiert, die junge Frau, die oft bei Ihnen ist, so kommen sie doch!"

Chris, oh Gott! Ich schnappte meinen Schlüssel und rannte mit Riesensätzen die Treppe hinunter. Ich riss die Haustür auf und konnte hinten auf der Kreuzung eine Menschenmenge sehen. Rannte los und mit jedem Schritt wurde meine Angst größer.

Ich drängelte die Leute zur Seite. Chris! Völlig verdreht lag sie dort auf dem Kantstein, wimmerte leise vor sich hin. Vor ihr kniete ein Mann, der unverständlich vor sich hinstammelte. Er habe das nicht gewollt, er sei nur ausgewichen.

Ich riss ihn hoch und stieß ihn abrupt zur Seite. Kniete neben Chris auf der Straße, hielt ihren Kopf und redete beruhigend auf sie ein. So warteten wir, bis endlich, endlich dieser verfluchte Rettungswagen kam. Es schien, als habe er Stunden gebraucht. Sie verfrachteten Chris hinein und rasten los.

Wie betäubt stand ich dort. Zitterte am ganzen Leib. Meine Chris. Ein herbeigeeilter Arzt aus der Nachbarschaft gab mir ein Beruhigungsmittel. Meine Nachbarin brachte mich nach Hause.

Ich rief in der Firma an und ließ mich bis auf weiteres beurlauben. Dann rief ich bei Oliver an. In diesem Zustand konnte ich nicht mit dem Auto fahren. Kurze Zeit später stand Klaus vor der Tür. Oliver hatte ihn angerufen und losgejagt.

Er nahm mich schweigend in den Arm und ich weinte mich an seiner Schulter aus. Die Nachbarin hatte ihm eine Tasche in die Hand gedrückt.

Wie gebannt starrte ich auf die Sachen, die er vor mir auspackte. Die Brötchen, ihre Brieftasche und ihren kleinen Talisman, den ich ihr im Urlaub geschenkt hatte. Ihre Schlüssel und zwei zerdrückte Negerküsse. Mechanisch griff ich nach der Brieftasche, suchte nach der Telefonnummer ihrer Firma.

Klaus rief dort an und informierte anschließend die Eltern von Chris. Dann fuhren wir ins Krankenhaus.

Wir fragten uns durch und gelangten nach einiger Lauferei zur Intensivstation. Ich trottete mechanisch wie ein Roboter immer hinter Klaus her, den ich so energisch noch nie kennen gelernt hatte.

Man teilte uns mit, dass wir warten müssen, Chris würde noch operiert. Ich weiß heute nicht mehr, wie lange wir dort saßen. Die Zeit wollte einfach nicht vergehen. Klaus schleifte mich in den Aufenthaltsraum. Er wollte Oliver anrufen und mich dort aber nicht alleine lassen.

Als wir wieder auf die Station zurückkamen, rief uns die Schwester zu sich. Wir sollten einen Moment warten, der Arzt käme gleich. Und wirklich, nach einer weiteren Ewigkeit erschien er dann auch.

Er könne uns jetzt nicht zu Chris lassen, sie wäre gerade erst operiert worden, sie würde jetzt viel Ruhe brauchen und es ginge ihr den Umständen entsprechend gut. Sie würde sicher noch ein paar Tage auf der Intensivstation bleiben und wir möchten uns bitte an die Besuchszeiten halten.

Der Ablauf würde sonst erheblich gestört. Dem Wohl der Patientin diene es ja letztlich. Die Besuchszeiten würden wir an der Tür zur Station finden. Dann war er auch schon wieder verschwunden.

Klaus schob mich zu der Tafel, die an der Tür angebracht war. Die Buchstaben verschwammen vor meinen Augen. Ich nahm drei Anläufe, bis ich den Text, den ich las, auch begriff.

Hätte ich mir nur nicht dieses verfluchte Beruhigungsmittel geben lassen. Besuchszeiten für Familienangehörige: täglich von 14:00 Uhr bis 14:30 Uhr. Klingeln Sie bitte. Bleiben Sie nicht länger als 15 Minuten.

Wir können im Interesse des Patienten nur eine Person zurzeit einlassen. Wir bitten um Ihr Verständnis.

Klaus nahm mich am Arm und zog mich zu der Sitzecke zurück. Dort saßen wir nun. Stumm, still und ratlos. Irgendwann sind wir dann gegangen.

Wir fuhren noch bei Oliver vorbei und berichteten ihm in Kürze, was vorgefallen war. Aus meinem Gestammel war er nicht schlau geworden. Klaus fuhr mich nach Hause, packte mich auf die Couch und ich war vor Erschöpfung schnell eingeschlafen.

Als er mich später weckte, war es schon nach acht. Oliver war in der Küche am Kochen. Sie hatten beschlossen, bei mir zu übernachten. Ich war ihnen dafür unendlich dankbar.

Es klingelte. Klaus ging zum Telefon, nahm ab, meldete sich kurz und reichte mir achselzuckend den Hörer weiter. Ich meldete mich. Ich hatte diese Stimme nur einmal in meinem Leben gehört, aber ich wusste sofort, zu wem sie gehört.

"Der junge Mann, der uns heute früh angerufen hat, hat uns Ihre Nummer hinterlassen. Sind wir uns nicht bei meiner Tochter in der Wohnung begegnet?"

Es klang scharf und ihr Tonfall machte mich wachsam. Ich holte einmal tief Luft.

"Ja, wir sind uns bei Ihrer Tochter begegnet."
"Das habe ich mir gedacht. Nur damit Sie informiert sind. Ich werde nicht zulassen, dass Sie das Leben meiner Tochter weiterhin zerstören. Sie sehen ja hoffentlich selbst, was sie angerichtet haben."
"Wie geht es ihr? Waren Sie schon im Krankenhaus?"
"Es geht ihr den Umständen entsprechend gut."
Das hatte ich doch schon einmal gehört!

"Wir haben mit dem Krankenhaus telefoniert. Ein Besuch wäre ohnehin zwecklos. Das ist auch nicht der Grund meines Anrufes."

Ich versuchte ruhig zu bleiben.

"Sollten Sie einen Schlüssel zu unserer Wohnung haben, untersage ich Ihnen, diese auch zu betreten. Dann wurden im Krankenhaus keine persönlichen Sachen meiner Tochter abgegeben. Die können Sie bei der Schwester deponieren. Ferner habe ich im Krankenhaus mit dem behandelnden Arzt gesprochen. Es dürfen nur Familienangehörige auf die Intensivstation und dazu wollen Sie sich ja wohl nicht zählen? Habe ich mich deutlich genug ausgedrückt?"

Klick, das Gespräch war beendet. Der Hörer brannte in meiner Hand. Fassungslos starrte ich Klaus und Oliver an, die an meiner Mimik gesehen hatten, dass sich da Fürchterliches zusammenbraute. Ich schilderte den Verlauf des Gesprächs. Oliver hatte sich zuerst gefangen.

"Na, dann aber nichts wie los. Die brauchen mindestens eine Stunde, bis sie in Hamburg sind."

Wir sahen ihn fragend an. Er nahm die Telefonnummer, die noch vom Morgen auf dem Tisch lag und wählte die Nummer von Chris Eltern. Als der Hörer abgenommen wurde, legte er auf. Er sah uns an.

Dann griff er nach seiner Jacke und stand ungeduldig wartend da.

"Chris braucht doch noch Sachen fürs Krankenhaus oder hat sie schon alles bei dir?"

Ich schüttelte den Kopf. Klaus zog mich von der Couch und in Windeseile waren wir startklar. Allein die Vorstellung, dass diese Person in Chris Sachen herumstöbern würde. Ich konnte diesen Gedanken kaum ertragen.

Ich schnappte die Schlüssel und dann waren wir schon unterwegs. Rafften in ihrer Wohnung alle Dinge zusammen, von denen wir glaubten, dass sie Chris wichtig sein würden.

Ich fühlte mich nicht gut bei dem Gedanken, dass ich nun in ihrer Privatsphäre herumstöberte, aber wir hatten auch keine Zeit, lange darüber nachzudenken. Und da Chris ja nicht einmal einen Mietvertrag hatte, gar nicht auszudenken, was diese widerliche Person mit uns machen würde, wenn sie uns nun hier antreffen würde.

Klaus nahm sich die Schränke im Wohnzimmer vor.

Oliver raffte Bücher und Platten aus den Regalen. Es klingelte an der Tür. Ich erstarrte. "Ist für uns." Oliver öffnete die Tür. Es schien, als habe er seinen ganzen Freundeskreis mobilisiert.

Es dauerte keine Stunde und wir hatten bis auf die Möbel die gesamte Wohnung geräumt. Oliver, das Organisationstalent hatte gleich die Sachen auf verschiedene Fahrzeuge verteilen lassen.

Die Platten und Bücher und anderen Krimskrams ließ er in seinen Wagen verstauen, den Inhalt der Schubladen hatte er in mitgebrachte Tüten gepackt und gleich beschriftet.

Alles, was nicht den Anschein hatte, dass Chris es in nächster Zeit dringend benötigen würde, verschwand dann erst einmal in meinem Keller, die anderen Tüten stapelten sich in meinem Schlafzimmer.

Eine Freundin von Klaus hatte in der Zwischenzeit vom Chinesen Essen besorgt und so saßen wir drei Stunden später völlig geschafft in meiner Wohnung zusammen.

Diskutierten die Rechtslage hin und her und konnten zu keinem Entschluss kommen. Rechtlich gesehen hatte ich keine Chance, Chris zu besuchen. Hatte ich überhaupt irgendwelche Rechte? Wir waren ratlos. Pflichten sicherlich.

Würde Chris bei mir leben und wäre ohne Arbeit, man würde hemmungslos mein Gehalt mit einbeziehen. Aber Rechte? Ich würde morgen noch einmal ins Krankenhaus fahren. Vielleicht würde man sie ja morgen schon wieder von der Intensivstation entlassen.

Doch wir hatten nicht mit der Bösartigkeit, für die mir bis heute die Worte fehlen, gerechnet. An der Tür zur Intensivstation wurde ich abgewiesen. Ihre Mutter hatte gründliche Arbeit geleistet. Telefonisch bekam ich keine Auskunft. Ich hatte darum gebeten, dass man mich informieren würde, wenn Chris verlegt würde, aber ich konnte mich nicht einmal darauf verlassen. Nicht nach diesen Vorkommnissen.

Ich bat um einen Gesprächstermin mit dem behandelnden Arzt, aber der verwies mich an ihre Eltern. In welcher Beziehung ich denn zur Patientin stünde? Als Familienangehörige hätte ich doch zu den Besuchszeiten Zutritt. Aber es ginge der Patientin den Umständen entsprechend.

Diesen Satz konnte ich nun mittlerweile schon singen.

Chris war nun schon drei Tage auf der Intensivstation und ich wusste nicht mehr ein noch aus. Ich saß zu Hause und hoffte auf ein Wunder. Es klingelte. Ich schlurfte erschöpft zur Tür und öffnete. Carolin kam die Stufen heraufgestapft und stand, völlig außer Atem, vor mir.

"Willst du mich nicht reinlassen?"

Sie schob sich an mir vorbei.

"Das mit dem Vorfall am See tut mir echt leid, ich war ziemlich beschissen drauf. Sorry."

Ich nickte nur und trottete in die Küche.

"Kaffee?"

Carolin nickte. Kam auf mich zu und nahm mich in den Arm.

"Ich hab das von deiner Lütten gerade gehört. Ich habe deine Mutter eben in der Stadt getroffen. Sie kommt nachher auch noch vorbei. Das soll ich dir schon einmal ausrichten. Kann ich dir irgendwie helfen?"

Ich zuckte ratlos mit den Schultern. Das hatte ich nicht erwartet, nicht von Carolin, aber vielleicht war uns von den vielen Jahren doch mehr geblieben als Leere. Sie war immer ein Kopfmensch gewesen. Wir saßen stumm vor unseren Kaffeebechern, als sie unvermittelt mit der Hand auf den Tisch schlug.

"Genau, das ist es. Kann ich mal telefonieren?"

Ich stand auf und kam kurze Zeit später mit dem Telefon zurück. Stellte es auf den Tisch. Sie rief auf der Sozialstation an und fragte nach einem gewissen Herrn Berger. Ich hatte diesen Namen noch nie gehört. Fragend sah ich sie an.
"Das ist der kleine Bruder von meiner Ex. Der ist doch Zivi."

Aha. Jetzt war ich schlauer. Aber wenn Carolin einmal einen Entschluss gefasst hatte, ließ sie nicht mehr locker.

Sie telefonierte von einer Sozialstation zur nächsten, bis sie ihn endlich an der Strippe hatte. Irgendein Thommy bekam nun genaueste Instruktionen. Ich staunte nicht schlecht. Aber sie war schon immer patent. Hätte ich sie sonst einmal geliebt?

Es klingelte wieder. Meine Mutter. Nun saßen wir dort, tranken Kaffee und harrten der Dinge. Meine Mutter war mit der Bahn gekommen und mein Vater wollte sie mit dem Auto bei mir abholen. Kurze Zeit später klingelte es wieder.

Als ich die Tür öffnete, stand ein junger Mann mit langen, zotteligen Haaren vor mir. Carolin stand hinter mir, zog ihn an seiner Jacke in die Wohnung und hinter sich her in die Küche.

"Nun, schieß los."
"O.k., aber reg dich bitte nicht auf. Caro, hörst du?"
"O.k., o.k., ich bin die Ruhe selbst."

Es läutete schon wieder. Diesmal war es mein Vater. Alle sahen nun Thommy an, der nicht gerade glücklich in die Runde schaute.

"Deiner Freundin geht es ganz gut. Sie wird morgen oder übermorgen verlegt. Sie hatte eine Gehirnerschütterung. Na ja, war wohl alles ein bisschen viel. Ein paar angebrochene Rippen, drei oder so und dann ist das Bein wohl ziemlich lädiert. Von gesplittertem Knochen war die Rede. Und dass das Bein wohl genagelt werden musste. Aber ist wohl nicht so dramatisch."

Carolin strahlte wie der Weihnachtsmann persönlich.

"Ist doch gut, warum sollte ich mich also aufregen?"
" Na ja, da ist noch was."

Jetzt starrte er verlegen zu Boden. Mein Vater gab ihm einen sanften Schubs.

"Na komm, schieß los, wird schon nicht so arg sein."
"Sie ist wohl ziemlich sauer, weil sie bis jetzt noch nicht einmal Besuch hatte."

Man hätte eine Stecknadel fallen hören. Es herrschte Totenstille. Carolin stapfte durch die Küche, mein Vater kaute wütend auf der Pfeife, Thommy starrte stumm zu Boden, meine Mutter rührte schweigend in ihrer Kaffeetasse. Ich saß dort und glaubte ich sei tot.

"Diese Schlange!"

Carolin machte sich zuerst Luft. Mein Vater erhob sich langsam. Sah mich kurz an.

"Komm!"

Wir fuhren ins Krankenhaus. Es erschien mir seit Tagen wie ein Gefängnis. Manche kamen nicht raus, andere nicht hinein. So wie Chris und ich in den letzten Tagen. Ich konnte nicht verstehen, was mein Vater auf der Station zum Arzt und der Schwester sagte, aber an seinem Tonfall konnte ich hören, dass es nichts Gutes war.

Er winkte mich näher und die Schwester hielt die Tür, dieses Gefängnistor für Nichtfamilienmitglieder, auf. Ich bekam einen grünen Kittel, schlüpfte hinein und durfte endlich zu Chris.

Ganz klein und hilflos wirkte sie in dem großen Bett. Sie hatte die Augen geschlossen, aber sie schlief nicht. Döste vor sich hin. Ich räusperte mich leise.

Langsam öffnete sie die Augen. Mit großem Erstaunen sah sie mich an. Als könne sie nicht glauben, dass ich wirklich gekommen war. Ihre Hand kam unter Decke hervor und griff nach meiner. Ich drückte sie ganz vorsichtig.

"Krieg ich keinen Kuss? Mein Kopf ist noch dran."
Ich beugte mich zu ihr und küsste diese zarten Lippen. Spürte, wie sie frech mit ihrer Zunge einen Weg suchte und es war mir egal, ob wir beobachtet wurden oder nicht. Ich küsste schließlich meine Frau!

Wir küssten uns so lange und so voller Sehnsucht, dass ich befürchtete, die Besuchszeit würde zu Ende sein, noch bevor wir ein paar Worte gewechselt hätten.

Ich richtete mich auf. Sah sie schweigend an. Glücklich, traurig, erschöpft. Sie nickte still.

"Ich weiß Bescheid, vorhin war die Schwester hier. Die Freundin von einem Bruder, von einem Thommy, der eine Schwester hat, die eine Ex hat, mit der du mal was hattest. Ganz verstanden habe ich das ja nicht. Muss ich?"

Das war meine Chris, konnte kaum aus den Augen gucken, aber frech wie eh.

"Morgen werde ich verlegt und dann erwarte ich Besuch. Ja?"
"Wie lange musst du noch bleiben?"
"Für immer."

Ich sah sie verdutzt an.

"Na ja, wenn ich rauskomme, bin ich wohnungslos. Da habe ich mir gedacht, hier ist es warm und trocken. Hier bleibe ich. Und außerdem. Hast du die Schwester gesehen?"

Chris verdrehte in gespielter Lust die Augen. Dann ließ sie sich wieder seufzend in die Kissen zurückfallen. Ich erzählte ihr in Kurzform von den Vorfällen und dass sie jetzt mehr oder weniger bei mir wohnen würde.

"Du willst mich heiraten?"
"Heiraten?"
"Glaubst du, ich ziehe je wieder freiwillig aus? Bei der Wohnungsnot?"

Die Schwester gab mir ein Zeichen, die Zeit war um. Ich sah Chris schweigend an, küsste sie auf den Mund. Versprach ihr, so schnell wie möglich am nächsten Tag wieder zu kommen. Ich drehte mich noch einmal um. Ein zärtlicher Blick traf mich. Wir sprachen es beide nicht aus, aber wir wussten, wir dachten dasselbe. Dachten daran, dass wir uns lieben.

Die nächsten Tage waren wie im Fluge vergangen. Ich ging wieder zur Arbeit, Chris ging es von Tag zu Tag besser und ihre Eltern hatten sich zum Glück nicht mehr blicken lassen. Abends saß ich nach dem Besuch im Krankenhaus in meiner Wohnung und betrachtete die Tüten und Kartons, die noch immer in den Ecken herumstanden.

Mein Ordnungssinn wurde durch diese Kisten und Kartons doch erheblich gestört. Ich würde erst einmal dieses Chaos beseitigen. Nun würden wir hier also zusammen wohnen. Ein Gedanke, an den ich mich erst langsam gewöhnen musste.

Aber so ohne sie, ich konnte mir das auch nicht vorstellen. So beschloss ich dann, Platz zu schaffen, damit sie sich auch zu Hause fühlen würde, wenn sie erst aus dem Krankenhaus entlassen wurde.

Ich räumte Bücher weg, die ich schon seit Ewigkeiten nicht mehr in der Hand hatte. Sah die Plattensammlung durch und musste oft schmunzeln. Sie hatte einen völlig anderen Musikgeschmack als ich, na, das konnte ja noch heiter werden. Völlig geschafft gönnte ich mir noch ein Feierabendbier und beschloss, mich den anderen Dingen am nächsten Tag zu widmen.

Am nächsten Morgen stand ich zeitig auf und nach dem Frühstück raffte ich mich zu weiteren Räumarbeiten auf. Mistete mal endlich den Kleiderschrank aus. Dann setzte ich mich aufs Bett und begann, die Kisten auszuräumen. Sortierte die Dinge in die frei gewordenen Plätze. Ganz fremd sah mein Schrank nun aus. Aber irgendwie freute ich mich auch darauf, dass Chris nun bald nach Hause kommen würde und wir hier erst einmal zusammen leben würden.

Noch zwei Kartons. Sie waren mit Klebeband verklebt. Ich konnte mich gar nicht daran erinnern, dass wir welches benutzt hatten. Ich seufzte einmal tief auf, holte eine Schere und öffnete die beiden Kartons.

Holte mit großem Erstaunen den Inhalt heraus und legte ihn vor mir aufs Bett. Lange saß ich dort, dann packte ich die Sachen wieder ein, klebte die Kartons zu und stellte sie verschlossen in den Schrank zurück. Dort würde ich sie stehen lassen, bis Chris und ich einmal eine Gelegenheit finden würden, darüber zu reden.

Nun aber wollte ich erst einmal ins Krankenhaus.

Chris sah mir strahlend entgegen.

"Ich darf nächste Woche raus. Ist das eine Neuigkeit? Zwar mit Krücken, aber immerhin."

Wir freuten uns beide. Ich erzählte ihr von den Räumaktionen. Dass ich ihre Sachen bereits eingeräumt habe. Sie nickte fröhlich. Hatte ich eine andere Reaktion erwartet?

"Was ist mit deinen Möbeln? Sollen wir da noch etwas unternehmen?"
"Ach was, die haben in deiner Wohnung doch gar keinen Platz, oder?"
"Chris, wir müssen da noch ein paar Dinge gleich klären. Sag nicht immer meine Wohnung. Es ist jetzt unsere. Du hast die gleichen Rechte."
"Pflichten etwa auch?"

Chris grinste frech.

"Klar. Das kann mit uns beiden ja noch heiter werden."

Ich dachte an ihre Koch- und Bügelkünste, an ihr Chaos in ihrer Wohnung. Ich musste wohl ein solches Gesicht gezogen haben, dass sie meine Gedanken lesen konnte.

"Denkst du gerade an meine hausfraulichen Qualitäten?"

Sie lachte.

"Sanni, ich werde mir sehr viel Mühe geben, ich will doch, dass du glücklich bist."
"Na, werde erst mal gesund und dann bekommst du genug Chancen, um dich nützlich zu machen. Ich suche ja auch noch immer ein Hausmädchen, so mit Schürzchen und nichts darunter."

Bei dieser Vorstellung mussten wir beide lachen.

Chris wurde aus dem Krankenhaus entlassen, nahm ihre Ausbildung wieder auf, stritt sich mit ihren Eltern und bemühte sich redlich, ein ordentlicher Mensch zu werden. Dies machte ihr wohl die meiste Mühe.

Mir standen oft die Haare zu Berge, wenn ich nach Hause kam. Ansonsten rauften wir uns recht schnell und zu meinem Erstaunen relativ ruhig zusammen. Bis auf die paar Tassen und Teller, die Chris zerschmissen hatte und die Post, die sie ewig von irgendwelchen Frauen bekam und die mich jedes Mal zur Weißglut brachten, hatten wir wenig Streitpunkte.

Meine Eltern hatten sich an den Gedanken gewöhnt. Mein Vater freute sich, dass endlich mal ein Handwerker im Haus war, mit dem er im Garten werkeln konnte. Meine Mutter bemutterte uns nun beide und so verflüchtigte sich der Gedanke an eine Wohnungssuche für Chris im Laufe der Wochen.

Das neue Jahr wurde feucht und fröhlich begossen und brachte dann eine Menge Überraschungen.

Wir waren mit Oliver und Klaus zum Hamburger Tuntenball verabredet. Die beiden gingen immer hin und hatten uns überredet, mitzukommen. Es gab ja wenige Veranstaltungen, zu denen wir gemeinsam gehen konnten. Entweder waren auf den Bällen keine Männer erlaubt oder keine Frauen. Und so gab es wenige Möglichkeiten, aber die wenigen wollten wir nutzen. Ich stand vor dem Kleiderschrank und überlegte, was ich denn nun anziehen soll. Chris war noch im Bad.

"Was soll ich denn anziehen?"
"Hmm, was du magst."

Eine hilfreiche Antwort.

"Was ziehst du denn an?"

Keine Antwort.

Ich stöberte in meinen Kleiderreserven, als mir die beiden Kartons wieder in die Hände fielen. Chris hatte nie danach gefragt, sie schien sie nicht zu vermissen und ich hatte auch nicht mehr daran gedacht. Chris kam, in ein Badetuch gewickelt, ins Schlafzimmer.

"Na, weißt du nun, was wir anziehen?"

Ich zögerte einen Moment. Dann gab ich mir einen Ruck.

Nahm die Kartons und stellte sie aufs Bett. Chris sah mich an.

"Aha."

Mehr sagte sie nicht. Ich nickte ihr aufmunternd zu.

"Weißt du, was drin ist?"

Ein fragender Blick traf mich.

"Ja, ich hatte sie aufgemacht, als ich deine Sachen eingeräumt habe."
"Warum hast du den Karton denn dann wieder zugeklebt?"
"Ach, ich weiß auch nicht, ich wusste nicht so recht, wie ich ... na ist ja auch egal. Ziehst du das heute Abend an?"

„Erst mal sehen, was ich da noch so habe."

Sie räumte den Inhalt auf das Bett. Die Korsagen, Strümpfe in allen Mustern, Strapse, Schals, Lederröcke, kurze Lederjacken und eine Sammlung von Reizwäsche, wie ich sie nur mal verschämt in Katalogen betrachtet hatte. Irgendwie machte sie das mit einer solchen Selbstverständlichkeit, dass es keine peinliche Situation gab und sich bei mir eher ein Gefühl von Neugier breit machte.

Chris verschwand mit einer Handvoll dieser Dinge im Bad und kam einige Zeit später um die Ecke. Ich erkannte sie nicht wieder.

Hätten wir uns so das erste Mal getroffen, ich hätte nicht gewagt, sie anzusprechen. Sie wirkte irgendwie unnahbar und gleichzeitig so anziehend. Ich hielt für einen Moment die Luft an. Die Pumps, die ihre schlanken Beine noch länger wirken ließen, die Strümpfe mit dem zarten Muster, die unter einem knappen schwarzen Lederrock verschwanden. Die von Strapsen gehalten wurden. Die kurze Lederjacke, die den Blick auf ihr Dekolleté freigab. Die Korsage, die die Form ihres schönen Busens noch unterstrich.

Eigentlich hatte ich gar keine Lust mehr auf den Ball. Mir fielen ganz andere Sachen ein, als ich sie so sah. Schweren Herzens gingen wir dann doch, denn kurze Zeit später klingelte es auch schon und Oliver und Klaus waren da, um uns abzuholen.

Fassungslos starrten sie Chris an. Ich genoss es, genoss auch die Blicke der anderen Gäste auf dem Ball. Wie sie Chris musterten, sie auszogen mit Blicken und voller Freude dachte ich daran, wie ich ihr Stunden später die Sachen vom Leib reißen würde.

Wir tanzten uns die Füße heiß und ich genoss es, dass diese wunderschöne Frau in meinem Arm die meine war. Die so hingebungsvoll mit mir tanzte, als gäbe es nur uns beide auf diesem Ball. Erst am frühen Morgen fanden wir den Weg nach Hause.

Ich schloss hinter uns die Haustür und zog Chris an mich, küsste sie mit der ganzen aufgestauten Lust der letzten Stunden. Sie schob mich von sich.

"Komm!"

Ich folgte ihr ins Schlafzimmer. Sie setzte sich auf den Rand des Bettes und hielt mir ihren Fuß entgegen. Ich griff nach dem Schuh, zog ihn vom Fuß, dann hielt sie mir den zweiten hin. Ich ließ beide Pumps zu Boden fallen. Ein missmutiger Blick traf mich.

"Gehören die da hin?"

Sie schaute mich lustvoll an und ich begann zu verstehen. Stand auf und brachte die Schuhe in den Flur. Ich ging zurück. Ich verspürte Lust, Ungeduld, aber keinerlei Belustigung. Ein neuer Reiz lag im Raum. Sie stand im Raum, drehte mir den Rücken zu. Ich half ihr aus der Jacke. Sie drehte sich schnell herum und deutete in Richtung Flur.

Sie hatte die Kerzen auf dem Nachttisch angezündet, saß nun wieder auf dem Bettrand und hielt mir ihr Bein entgegengestreckt. Langsam fuhr ich an ihrem Bein entlang nach oben. Als ich unter ihren Rock fuhr, griff Chris mir ins Haar und zwang meinen Blick nach oben.

Sie blickte mich strafend an und ich folgte ihrem Blick.

Nahm die Hand gehorsam wieder zurück und begann, den Strumpf zu lösen, rollte ihn langsam am Bein herunter und widmete mich dann dem zweiten. Ein Fingerzeig bedeute mir, die Strümpfe über den Stuhl zu hängen. In hohem Bogen flogen die Strapse und der Rock hinter mir her und landeten neben mir auf dem Boden. Ich bückte mich danach und hängte sie neben die Strümpfe.

Mit übereinander geschlagenen Beinen saß Chris auf dem Bett und wartete auf meine Rückkehr. Ich spürte, sie würde unser Spiel erbarmungslos abbrechen, wenn ich eine hastige Bewegung machen würde. Mit den Kartons hatte ich nicht nur Kleidung, nein, ich hatte auch einen Teil ihrer tiefsten Sehnsüchte ausgegraben, von denen ich bisher nur andeutungsweise geahnt hatte. Aber ich liebte dieses Spiel mit ihr und spürte, wie meine Lust durch die Ungewissheit jedes Schrittes geschürt wurde.

Langsam ging ich auf sie zu. Hätte sie anspringen können, aufreizend, wie sie nun vor mir lag. Sie genoss diese Macht über mich und die Lust von uns beiden aufeinander war fast körperlich im Raum zu spüren. Sie sah auf das geschnürte Zickzack an ihrem Dekolleté. Ich folgte ihrem Blick. Wollte mit den Händen den Knoten lösen, aber ein Kopfschütteln gebot mir Einhalt. In mir arbeitete es fieberhaft. Ich sank vor ihr auf die Knie und fing an, mit den Zähnen den Knoten zu öffnen.

Mein Atem strich dabei über ihren Busen, ich genoss und ließ mir Zeit. Zog langsam die Kordel durch die Ösen und biss ihr dabei ab und an zärtlich in den Busen, den sie mir auffordernd entgegenstreckte. Stolz sah ich sie an, ich hatte es geschafft. Sie schob mich mit dem Fuß ein wenig zurück, entledigte sich des Kleidungsstückes und legte sich wieder zurück. Schaute auf den Slip. Bevor ich mich begierig darauf stürzen konnte, wurde ich gestoppt.

Sie musterte mich scheinbar kühl, schnippte dann mit den Fingern und bedeutete mir aufzustehen. Ganz langsam begann ich, mich zu entkleiden, ohne sie dabei aus den Augen zu lassen. Sie musterte mich wohlwollend und blickte dann wieder zu ihrem Slip. Ich zog ihn mit den Zähnen herunter, nicht ohne mich genüsslich küssend an ihren Schenkeln zu vergnügen. Sie ließ mich gewähren und doch spürte ich die Ungeduld, die es sie kostete, ihre Lust zu zügeln. Der Slip fiel zu Boden und ich sah sie fragend an. Ihr Busen hob und senkte sich im Schein der Kerzen.

Sie nickte lächelnd und ich fiel über sie her. Küsste ihren Busen, biss mich daran fest, küsste sie leidenschaftlich und voller Begehren. Legte mich auf sie, spürte ihre Hände auf meinem Rücken, wie sie ihre Spuren hinterließen, sich in meinen Hintern gruben. Richtete mich auf, schob ihr ein Kissen unter den Po und dann bekam sie, worauf sie gewartet hatte. Ich kippte unser Spiel, nahm sie und hielt erst inne, als ich spürte, wie sich ihre Fingernägel lustvoll und schmerzhaft in meinem Rücken vergruben.

Am nächsten Morgen war ich früh auf und lange beobachtete ich Chris, die dort zufrieden und friedlich in ihren Kissen schlummerte.

Dachte an die letzte Nacht, die Lust der Macht, die Lust der Nacht. Streichelte sie zärtlich und gedankenverloren. Sie lächelte, schmiegte sich an mich und schlief weiter. Ich hatte es genossen, ihr zu folgen, mich ihren Wünschen zu unterwerfen, ohne dabei das Gefühl zu haben, mich auszuliefern.

Spürte, dass wir begannen, einen neuen Weg zu finden unsere Sehnsüchte zu erleben. Fand Gefallen daran, wenn sie so aufreizend war. Genoss es, wenn ihre Befehle mich zur Demut zwangen, aber ich wusste auch, dass ich das Spiel jederzeit kippen konnte. Dass auch ich die Spielregeln bestimmen konnte.

Ich wusste, dass auch Chris meinen Wünschen folgen würde. Unsere Spiele, die nur einen Weg kannten, den zur Lust. Es war kein Ausliefern im eigentlichen Sinne, denn was wir auch taten, es diente stets unserer beider Lust.

Dem Genießen einer Form von Sexualität, wie wir ihn vorher nicht erlebt hatten. Chris hatte mir gestanden, dass sie vorher nie ernsthaft mit dem Gedanken gespielt hatte, Macht auszuüben, aber dass ich in ihr den Reiz geweckt hätte und die Lust auf mehr. Was auch immer wir tun würden, es würde von Liebe und Zärtlichkeit begleitet werden. Darüber waren wir uns einig. Und wir wollten beide nie die Grenzen überschreiten, die die andere uns gebot. Ich kuschelte mich an Chris und schlief kurze Zeit später wieder ein.

Die nächste Zeit wurde turbulent. Wir hatten viele Einladungen, Chris bestand ihre Prüfung und wurde von ihrer Firma übernommen. Carolin und Oliver hatten sich endlich einmal ausgesprochen und so unternahmen wir nun öfter etwas gemeinsam. Carolin hatte sich neu verliebt und war wieder ganz die Alte. Konzerte, Kinobesuche, gemeinsame Essen, Ausflüge ins Alte Land, Grillabende bei meinen Eltern. Die Monate verfolgen in Windeseile. Wir flogen von einem Geburtstag zum nächsten. Chris lebte dafür, dass ich glücklich war und ich lebte mit dem Wunsch, sie glücklich zu machen.

Meine beste Freundin Isi sah ich nur noch zum Sport, sie wollte Chris einfach nicht akzeptieren, aber damit musste ich leben. Ich hatte mich klar für ein Leben mit Chris entschieden. Die Eltern von Chris waren für uns beide kein Thema mehr und meine Eltern für Chris zur neuen Familie geworden.

Unsere Spiele wurden ausgefallener, wir lernten unsere Gesten immer besser zu deuten und wurden immer erfinderischer. Ich stromerte immer öfter durch die Wäscheabteilungen und kaufte manches ausgefallene Kleidungsstück. Chris überraschte mich oft durch immer wieder neue Aufmachungen. Mal Kind, mal Frau, mal in Jeans, mal Vamp. Aber immer blieb sie sie selbst.

Auch meine Garderobe wurde extravaganter. Ich machte mich für Chris gerne schön, genoss es, wenn ich spürte, wie sehr ich ihr gefiel. Wenn sie mich mit ihren blauen Augen aufmerksam musterte und sich dann ein wohlwollendes Lächeln auf ihrem Gesicht breit machte.

Unsere Fantasie wurde immer wieder beflügelt und aus meiner einst so coolen Wohnung hatte Chris mittlerweile ein gemütliches Heim gezaubert. Nein, mehr oder weniger gezimmert. Sie machte kleine Kommoden und ausgefallene Spiegel in ihrer Firma und bald war die Wohnung nicht wieder zu erkennen.

Ich genoss die Veränderungen. Chris schlich sich Schritt für Schritt in meine Welt und ich rückte bereitwillig ein wenig zur Seite.

Am Wochenende fuhren wir nach Dänemark. Oliver und Klaus hatten sich mit Freunden für einen gemeinsamen Urlaub ein Haus gemietet und wir wollten sie dort besuchen. Chris teilte meine Reiseleidenschaft und so konnte ich sie immer schnell für meine Pläne gewinnen.

Mit einem Picknickkorb, viel Sekt und guter Laune versehen, starteten wir ins Wochenende. Wurden von Oliver und seinen Freunden mit einem großen Hallo begrüßt. Für den Abend war eine Grillparty geplant. Es war ein witziges Gefühl, zwei Frauen unter lauter Männern. Am Abend saßen wir alle um den Kamin und gaben kleine Alltagsgeschichten zum Besten.

Allen voran Bernd, ein früherer Freund von Klaus. Er war ein Genie in Wortspielereien und wir kugelten uns vor Lachen. Das kühle Bier vom Fass tat sein Übriges und so fielen Chris und ich spät in der Nacht ins Gästebett.

Morgens wurden wir durch Kaffeeduft und lauter Musik geweckt. Ich schälte mich aus dem Bett und schlich in Richtung Dusche. Genoss die Wärme des heißen Wasserstrahls. Ich hörte ein leises, aber bestimmtes Klopfen an der Badezimmertür. Ich huschte zur Tür, ließ Chris herein und war mit einem Satz wieder unter der Dusche. Sie sah mir zu, während das Shampoo an mir herunter rann.

Dann kam sie auf mich zu, ließ ihr Nachthemd zu Boden gleiten und stieg zu mir unter die Dusche. Ich seifte ihr den Rücken ein, stand dicht hinter ihr und zog sie an mich. Konnte ihren Rücken an meinem Busen spüren.

Seifte ihren Busen ein, küsste und liebkoste sie. Langsam sank ich nach unten, seifte ihre Beine ein.

Chris drehte sich langsam herum, ich küsste ihren Bauch, spürte ihre Hände, die fordernd in meine Haare griffen. Das warme Wasser lief an ihrem Körper herunter, über ihren Schoß und verlor sich in meinem Gesicht.

Wir wussten beide, dass noch eine Reihe anderer Gäste aufs Badezimmer warteten, aber in diesem Moment war uns das völlig egal. Wir ließen uns Zeit, das heiße Wasser erhitzte unsere Körper und wir hatten Mühe, auf dem glatten Boden den Halt nicht zu verlieren. Der Tag fing gut an…

Ich unternahm am Nachmittag einen langen Spaziergang mit Oliver. Er hatte wie immer seinen Drachen dabei und ließ ihn im Wind tanzen. Stundenlang konnte ich ihm dabei zuschauen. Er hatte mittlerweile eine Riesensammlung bunter Drachen und an jedem Geburtstag gesellten sich neue hinzu. Später lagen wir in den Dünen und schauten dem Spiel der Wellen zu. Oliver seufzte einmal tief. Ich sah ihn an.

"Na, wovon träumst du?"
"Ich wünschte, die Zeit würde an einem solchen Wochenende stehen bleiben. So liebe ich das Leben. Und bei dir und Chris. Wie geht es dir denn so als Ehefrau? Oder bist du gar der Ehemann?"

Mich traf ein schelmischer Blick.

"Sie hat dich ganz schön unter der Fuchtel, was?"
"Wie meinst du denn das?"

Nun war ich hellwach. Er lachte mich frech an, sprang auf und lief die Dünen hinunter. Ich jagte hinterher, hatte aber keine Chance ihn einzuholen. Irgendwann blieb er stehen und wartete auf mich. Nahm mich in den Arm und so bummelten wir am Strand entlang und hingen unseren Gedanken nach.

Unser Eheleben. Hätte mir irgendjemand prophezeit, dass ich noch einmal neu anfangen würde, noch einmal versuchen würde, das Glück beim Schopfe zu packen. Nein, ich hätte es weit von mir gewiesen.

Chris war ja auch so viel jünger als ich. Darauf wurde ich sehr oft angesprochen. Ich pflegte dann nur lachend darauf hinzuweisen, dass sie mich, wenn ich einmal alt sei und mir der Kopf schon wackeln würde, immer noch, jung wie sie dann sei, betüddeln könnte. Ich hatte keine Argumente dafür oder dagegen.

Wir verstanden uns einfach, träumten die gleichen Träume. Chris sagte immer, Glück und Liebe seien für sie wie ein Wollknäuel. Wenn man so ein Knäuel finden würde, müsse man den Anfang suchen und langsam am Faden ziehen. Würde man zu schnell daran ziehen, würde das Knäuel davon sausen und würde man es zu langsam aufrollen, würde sich das Band verknoten. Ein komischer Vergleich, aber sie ließ sich von diesem Gedanken nicht abbringen. Oliver riss mich aus meinen Gedanken.

"Wir müssen langsam zurück. Ihr habt ja noch eine recht lange Heimreise vor euch. So ein Wochenende geht immer zu schnell vorbei. Habt ihr schon wieder neue Urlaubspläne?"
"Ich weiß noch nicht so recht. Chris hat ja nun ihre letzte Prüfung und dann müssen wir erst einmal weitersehen, ob sie übernommen wird. Aber es sieht so aus, als würde es klappen."
"Sie beißt sich ganz gut durch, was?"
"Ich weiß nicht, ob sie das immer alles so leicht nimmt. Sie spricht selten darüber."
"Was ist eigentlich mit ihren Eltern, hörst du noch von denen?"
"Nein, das ist auch so ein Thema. Chris sagt nichts mehr dazu. Ich mag auch nicht immer wieder danach fragen. Sie

hat das Thema einfach weg geschoben. Wir sind ja oft bei meinen Eltern und es scheint, als habe sie nun dort ein Zuhause gefunden."
"Was sagen denn deine Eltern dazu?"
"Ist eher lustig. Mit meinem Vater wurschtelt Chris immerzu im Garten herum und bei meiner Mutter lernt sie kochen. Wenn ich dort bin, bin ich fast abgemeldet. Ich glaube manchmal, meine Mutter weiß mehr über Chris, als ich."
"Und, stört dich das nicht?"
"Nein, ich bin sehr froh, dass die beiden so ein tolles Verhältnis zueinander haben. Chris und ich haben eigentlich immer nach vorne geschaut, selten nach hinten. Ich habe einfach das Gefühl, dass sie viel, viel Zeit braucht, um solche Dinge aufzuarbeiten. Sie spricht darüber, wenn es für sie an der Zeit ist. Und dass sie in meiner Mutter eine Verbündete gefunden hat, ist doch schon eine tolle Sache."
"Wenn man vom Teufel spricht."

Oliver deutete nach vorne. Chris und Klaus versuchten, trotz des starken Windes, Federball zu spielen. Wir amüsierten uns köstlich. Sie standen beide nebeneinander und schlugen wie wild auf den Federball ein, den der Wind Sekunden später zurückwarf.

Als sie uns sahen, beendeten sie den hoffnungslosen Versuch und schlenderten auf uns zu, hängten sich bei uns ein und so bummelten wir zum Haus zurück. Drei Stunden später waren Chris und ich wieder auf der Heimreise.

Langsam fuhr ich durch die Nacht. Chris schlief auf dem Beifahrersitz. Plötzlich räkelte sie sich verschlafen, ich spürte ihren Blick auf mir ruhen. Fühlte ihre Hand, die auf meinem Bein lag. Die sich nun langsam bewegte, ich vernahm das Surren des Gurtes, den sie weiter nach vorne zog, um sich besser bewegen zu können.

Ihre Hand griff Halt suchend an mein linkes Bein, ihre Lippen küssten durch mein Hemd hindurch. Ich hörte das Geräusch meines Reißverschlusses, merkte, wie Chris das

Hemd aus der Hose zog und sich ihre Lippen auf meiner Haut bewegten. Ich hatte Mühe, mich auf die Fahrbahn zu konzentrieren, spürte ihre Hand, die sich einen Weg in meinen Slip bahnte.

In der Ferne sah ich einen kleinen Parkplatz und hielt darauf zu. Nur noch einen Kilometer und doch hatte ich Mühe, mich darauf zu konzentrieren. Noch während der Wagen die letzten Meter auf den Parkplatz rollte, löste ich den Gurt, löschte das Licht. Als der Wagen endlich stand, verschloss ich die Türen, kippte die Sitze nach hinten und fiel über Chris her.

Chris war immer wieder für Überraschungen gut. Sie nahm viele Dinge mit einer gossen Gelassenheit hin, die mir selbst fremd war. Zum Beispiel die Sache mit ihrem Unfall. Sie hatte selten ein Wort darüber verloren. Es war ja auch eine Verkettung unglücklicher Umstände gewesen.

Der Unglücksfahrer war einem Kind ausgewichen, das zwischen zwei parkenden Fahrzeugen herausgelaufen war und dabei hatte er Chris auf dem Fußgängerüberweg schlichtweg übersehen.

Dass sie wochenlang noch mit Schmerzen zu kämpfen hatte und ihre Lehrzeit sich wegen des Unfalls um ein wieteres halbes Jahr verlängerte, nahm sie einfach hin. Sie war froh, dass dem Kind nichts passiert war. Auch dass sie noch einmal ins Krankenhaus musste, um sich die Nägel wieder herausoperieren zu lassen, nahm sie gelassen hin.

Sie ärgerte sich zwar über die Narbe an ihrem Bein, aber als diese mit der Zeit langsam verblasste, erwähnte sie den Unfall mit keinem Wort mehr. Und so ging sie mit ihrer gesamten Vergangenheit um, als habe es keine gegeben.

Es gab nicht einmal Fotos aus ihren letzten Jahren. War eine Beziehung zu Ende, warf sie die Gedanken mit allen Erinnerungen einfach weg. Ich hatte das nie verstanden, bis zu jener seltsamen Begegnung auf dem Frauenball.

Dieses Hamburger Ereignis ließen wir beide uns in keinem Jahr entgehen. Dafür tanzen wir einfach zu gerne und es war eine Gelegenheit, mal nur unter Frauen in einer schönen Atmosphäre das Tanzbein ausgiebig zu schwingen. Chris hatte sich für diesen Anlass einen neuen Anzug zugelegt und so erschien ihre schlanke Figur noch schlanker. Das helle Blau des Anzugs stand in krassem Kontrast zu ihrem blonden Haar.

Ich hatte einen schwarzen, kurzen Lederrock an, dazu schicke Pumps, eine graue Seidenbluse. Wir standen beide vor dem Spiegel und fanden uns mal wieder wunderschön. Meine dunkle Kleidung, mein dunkles Haar und die dunkelbraunen Augen standen in krassem Gegensatz zu Chris. Ihr heller Anzug, die blauen Augen, die blonden Locken. Gutgelaunt begannen wir den Abend, trafen viele Bekannte, tanzten uns die Füße heiß.

Als wir später an der Bar zusammenstanden, sah ich diese Frau wieder, die mir an diesem Abend schon mehrfach unangenehm aufgefallen war. Sie war ständig in unserer Nähe und musterte Chris mit einem spöttischen und sehr herablassenden Blick.

Chris schien sich unter diesem Blick sehr unwohl zu fühlen, sagte aber den ganzen Abend nichts dazu. Mir gefiel diese Frau nicht, ich konnte nicht mit Bestimmtheit sagen, was mich so störte.

Aber nun kam die Angelegenheit in Bewegung, denn sie kam zielstrebig auf uns zu. Vor Chris blieb sie stehen.

"Na Kleines, haben wir die Seiten gewechselt?"
Es klang fast bösartig, wie sie das sagte. Sie schaute spöttisch an Chris herunter.

Chris sagte keinen Ton. Sie drehte Chris Gesicht in ihre Richtung und zwang sie so, sie anzusehen.

Chris warf mir einen Hilfe suchenden Blick zu.

Ich griff nach dem Arm der Fremden und zwang sie, Chris loszulassen. Nahm Chris an die Hand und zog sie einfach fort. Verstanden hatte ich diesen Auftritt nicht.

Ich sah diese Frau an diesem Abend noch oft in unserer Nähe, aber sie machte keinen Versuch mehr, sich uns zu nähern. Sie begnügte sich mit recht abfälligen Blicken in meine Richtung.

Ich musterte sie lange und konnte mir ihr Verhalten nicht erklären. Was hatte Chris mit dieser Person zu schaffen? Obwohl, ein wenig konnte ich mir schon einen Reim darauf machen. Mir fielen die Kartons ein, die ich damals bei Chris Einzug entdeckt hatte. Wir hatten uns nie weiter darüber unterhalten.

Diese Frau, die diese auffallenden schwarzen Klamotten trug, das mit Nieten beschlagene Armband an ihrem rechten Handgelenk. An diesem Abend amüsierten wir uns trotz des seltsamen Vorfalles noch recht gut.

Gleich am nächsten Morgen nach unserem ausgiebigen Frühstück sah mich Chris lange schweigend an.

"Können wir reden?"

Immer wenn Chris diesen Satz benutzte, wusste ich, es hatte mit ihrer Vergangenheit zu tun oder mit einem Problem, dass sie sehr beschäftigte. Es kam nicht oft vor und so nahm ich diese seltenen Gelegenheiten stets beim Schopf. Ich wollte sie nie zwingen, sondern ihr Zeit lassen, auf mich zuzugehen, wenn sie dazu bereit war. Ich stand auf.

"Komm, lass uns ein wenig raus fahren. Hast du Lust?"
"Ja klar, wo soll es denn hingehen?"
"Ich lass mich überraschen."

Wir zogen uns um und ich überließ Chris den Wagenschlüssel. Eine halbe Stunde später waren wir am alten

Elbdeich und bummelten, in warme Jacken gemummelt, am Deich entlang.

"Die Frau gestern, weißt du?"

Die hatte ich sicher nicht vergessen.

"Was ist mit ihr?"
"Ich hatte mal was mit ihr."

Ich sah Chris entgeistert an.

"Ist nicht dein Ernst, oder?"
"Doch."

Ich holte erst einmal tief Luft. Ich war mir darüber im Klaren gewesen, dass auch Chris eine Vergangenheit hatte, aber ich war ja eigentlich fast nie damit konfrontiert worden. Chris hatte keinen großen Bekanntenkreis. Sie war gerne alleine und ich genoss es, sie immer um mich zu haben. Sie fuhr mittlerweile öfter zu Klaus oder Oliver.

Mit Carolin verstand sie sich auch recht gut und so bewegte sie sich viel in meinem Freundeskreis. So hatte ich nie jemanden aus ihrer Vergangenheit kennen gelernt. Chris sprach nur selten darüber, wie sollte ich da auch Näheres erfahren?

Wir waren nun schon so lange zusammen und doch wusste ich von ihrem Leben vor unserer Zeit fast nichts. Es hatte mich nie beunruhigt, aber im Moment hatte ich das Gefühl, dass ich zum ersten Mal wirklich das Leben von Chris betrat.

Ich durfte jetzt nur keinen Fehler machen, sie nicht wieder in ihre Welt zurückjagen. Ich nahm sie in den Arm und küsste sie lang und zärtlich, nahm sie bei der Hand und wir bummelten weiter.

"War das vor deiner Zeit mit Betty?"

"Nein, danach."
"Danach?"
"Ja. Mit Betty und mir, weißt du, das war schon in Ordnung, irgendwie, aber ich hatte einfach Sehnsucht nach mehr. Ich wusste nur nicht, wonach. Ich spürte, dass mir Betty nicht geben konnte, was ich brauchte. Als wir auseinander waren, zog ich durch die Szene. Es war eine wilde Zeit."

Das konnte ich mir recht gut vorstellen. Chris sah gut aus. Ich sah sehr wohl die Blicke der anderen, wenn wir unterwegs waren. Ewig wurde sie angesprochen, aber mit der Zeit wurde ihr das eher lästig. Worüber ich mich insgeheim ein wenig freute. Dass sie sehr begehrt war, daran gab es keinen Zweifel. Ihre wilden Zeiten konnte ich mir leicht ausmalen. Ein Gedanke, der mir nicht sonderlich gut gefiel, aber ich hatte auch solche Zeiten erlebt und es erschien mir nur natürlich. Jeder hatte sich irgendwann einmal ausgetobt.

"Und wie passt "Sie" ins Bild?"
"Lady?"
"Na, die Frau von gestern."
"Ja, das ist Lady, jedenfalls wird sie in ihren Kreisen so genannt. Ich lernte Lady auf einem meiner Streifzüge kennen und sie gefiel mir. Sie war so unnahbar, ein wenig unheimlich und doch sehr charmant. Sie hat nicht viel gefragt, sie nahm sich einfach, was ihr gefiel. Und das war an jenem Abend ich. Es gefiel mir irgendwie, obwohl mir ihre Art auch ein wenig unheimlich war."

Ich konnte mir das gar nicht so recht vorstellen, die beiden. Der Gedanke gefiel mir überhaupt nicht.

"Und was sollte gestern dieser Auftritt?"
"Das ist eine Geschichte für sich. Wir trafen uns drei oder viermal und an meinem Geburtstag lud sie mich auf eine Party ein. Bevor wir dorthin gingen, kleidete sie mich völlig neu ein, ganz in Leder. So als Geburtstagsgeschenk. Ich fand es irre. Und habe mir auch gar nichts dabei ge-

dacht. Fand es nur einfach toll. Dann kamen wir zu dieser Party und dort lernte ich dann Lady in Vollendung kennen.

Ich wusste ja, dass sie sehr dominant war, und dass ich das Bizarre auch mag, weißt du ja. Aber auf dieser Party. Ich weiß gar nicht, wie ich dir das nun erklären soll. Es war eine ganz eigentümliche Stimmung. Wir zogen uns in eine schummrige Ecke zurück und plötzlich bekam sie einen ganz seltsamen Blick, presste mich gegen die Wand und nahm mich mit einer Gewalt, dass mir ganz übel wurde.

Sie gab mich nicht frei, hatte mich fest im Griff und je mehr ich zappelte und schrie, desto verrückter schien sie zu werden. Hinterher nahm sie mich in den Arm, küsste mich, streichelte mich zärtlich und für sie war alles so wie vorher.

Ich fühlte mich schrecklich benutzt, und völlig gedemütigt schlich ich nach Hause, übergab mich und duschte stundenlang. Die Spuren ihrer Schläge waren noch tagelang zu sehen.

Ich warf all meine Sachen in Kartons und wollte nie mehr daran denken. Es war so grässlich. Ich habe Lady nie wieder gesehen, na ja, bis gestern."
"Und dann?"
"Ich wusste irgendwie nicht mehr weiter. Das mit Betty hatte nicht funktioniert und das mit Lady war ja nun eine Katastrophe schlechthin. Ich fühlte mich schon sehr zu Lady´s Welt hingezogen, aber doch nicht so! Ich wollte ihre Dominanz schon, aber nicht im Leben.

Liebe, Zärtlichkeit, Wildheit, Ausgefallenes. Das eine sollte das andere nicht ausschließen. Verstehst du? Ich wollte auch nicht nur nehmen, sondern auch geben.

Ich wollte beides und das gab es auf dieser Szene nicht. Als sie mich nun gestern im Anzug sah, dachte sie, ich hätte mich nun entschieden, aber das ist nicht so. Ich hatte nie vor, mich zu entscheiden. Wie sollte ich auch."

Ich wusste, dass sie sich nicht für eine Rolle entschieden hatte. Sie schlüpfte ja immerzu in neue Rollen. Mal war sie Vamp, mal mein Vorstadtcowboy. So nannte ich sie immer liebevoll, wenn sie Jeans, Jeanshemd und ihre so heiß geliebten Stiefel trug.

An anderen Tagen liebte sie es, mit Straps unter dem Lederrock und auf hohen Pumps loszustaksen. Mich hatten diese Veränderungen nie gestört, im Gegenteil, ich hatte viel Vergnügen daran.

Ich liebte sie in jeder ihrer Rollen. Mir fiel auch jetzt erst auf, dass ihre Lust sich auch mit ihrer Kleidung veränderte. Das war mir bisher noch nie so bewusst geworden. Ich hatte es immer so hingenommen und genossen, wie es bisher war.

"Bist du jetzt schockiert?"
"Nein, wie kommst du darauf. Ich konnte nur so manches bisher nicht verstehen und mir auf einiges keinen rechten Reim machen. Ich genieße es so, wie es mit dir ist, aber wenn du anderes oder mehr möchtest, lass uns gemeinsam danach suchen. Versprichst du mir das?"
"Das verspreche ich dir gerne."
"Ach und da wäre noch etwas."
"Ja?"
"Ich hatte nie vor, dir weh zu tun und möchte auch nie eine von dir gesetzte Grenze überschreiten. Das gilt für mich natürlich auch. Lass uns ein Codewort suchen und wann immer wir nicht weiter wollen, werden wir es benutzen."

Chris lachte glucksend. Sah mich frech an.

"Ich hätte noch ein paar mehr Gelegenheiten für ein Codewort.
"Und?"

"Beim Abwasch, beim Hausputz..."

Wir mussten beide lachen. Um ihre Unbekümmertheit beneidete ich sie manchmal und als wir uns nachts aneinanderkuschelten, dachte ich daran, wie glücklich wir doch waren.

Die Wochen flogen nur so dahin. Chris ging ganz in ihrer Arbeit auf und ich hatte auch genug zu tun. Die Wochenenden schienen uns immer zu kurz.

Chris überraschte mich nun öfter mit ihren Kochkünsten. Meine Mutter hatte ihr zuerst meine Leibspeisen beigebracht und nun kam ich oft in den doppelten Genuss.

Nur Ordnungssinn war Chris einfach nicht beizubringen. Was sie für eine Ordnung hielt, hielt ich immer noch für ein glattes Chaos. Aber mit diesen kleinen Differenzen konnten wir leben.

Ich verwöhnte Chris, viel zu sehr, wie meine Freunde meinten, aber ich genoss es. Ich wurde auch von Chris reichlich beschenkt, mit vielen Verrücktheiten. Wie hatte ich bloß ohne sie gelebt? Wenn ich da nur an meinen vierzigsten Geburtstag dachte.

Ich wurde an einem Sonntag Vierzig. Ein guter Tag zum Feiern. Wir hatten eine Party für den Abend geplant. Die Vorbereitungen waren in vollem Gange. Chris und meine Mutter brutzelten in der Küche und mein Vater und ich kümmerten uns um die anderen Partyvorbereitungen.

Meine Eltern räumten abends das Feld für uns "Verrückte", wie sie augenzwinkernd bemerkten und wir feierten ausgelassen und recht feuchtfröhlich in meinen Geburtstag hinein.

Von Chris hatte ich einen Blumenstrauß und einen versiegelten Umschlag bekommen, den ich allerdings noch nicht öffnen durfte. Erst zum Frühstück! So stand es in großen Buchstaben darauf.

Als die letzten Gäste gegangen waren, saßen Oliver, Klaus, Chris und ich noch zusammen. Die beiden sollten im Wohnzimmer übernachten. Der Taxifahrer hätte glatt eine Alkoholvergiftung von ihrer Fahne bekommen.

Auch von Oliver und Klaus hatte ich einen Briefumschlag bekommen. Ich liebe zwar Überraschungen, aber ich bin auch sehr neugierig und meine Neugier wurde auf eine harte und lange Folter gespannt.

Es war nun schon der dritte Umschlag, denn auch meine Eltern hatten mir einen Briefumschlag mit einem geheimnisvollen Gesichtsausdruck überreicht. Und das mir, wo ich so schrecklich neugierig bin!

Ich wurde gegen meinen Willen ins Bett verfrachtet und auf den frühen Morgen vertröstet. Maulend verzog ich mich in mein Bett und hoffte inständig, dass es schnell Morgen wird.

Als es an der Haustür klingelte, wurde ich wach. Chris war schnell hoch und schon nach kurzer Zeit wieder zurück. Sie hatte wieder diesen Ausdruck im Gesicht, den ich nur zu gut kannte. Er verhieß selten etwas Gutes. Meistens hatte sie dann wieder irgendwelchen Unfug ausgeheckt.

"Wer war das denn?"
"Niemand, war wohl nur Werbung."
"An einem Sonntag?"
"Tja, die werden auch immer unverschämter!"

Irgendetwas stimmte doch nicht. Mit einem Satz war ich aus dem Bett. Chris verzog sich lachend unter der Bettdecke. Es klopfte an der Schlafzimmertür. Ich griff nach der Decke und wickelte mich darin ein. Die Tür ging auf und eine mir völlig fremde Frau schob vorsichtig den Kopf durch den Türspalt.

"Das Frühstück ist gerichtet, Madam."

Dann schloss sie wieder die Türe. Ich schnappte mir die immer noch glucksende Chris. Die konnte sich gar nicht wieder beruhigen. Sie wedelte mit den drei Briefumschlägen vor meiner Nase herum. Ich schnappte danach und riss sie auf. Drei Gutscheine.

Einer für eine Flugreise nach Hawaii für zwei Personen von meinen Eltern. Einer weiterer von Chris über zehn Moana Banyan Court Punsch. Und ein Gutschein mit einem großen Fragezeichen.

Ich musste sofort meine Eltern anrufen, die mussten total übergeschnappt sein. So ein teures Geschenk. Gut, reisen war meine Leidenschaft. Aber solch eine Reise!

Ich zog mich an und Chris folgte mir. Oliver und Klaus saßen mit Unschuldsmiene am hübsch gedeckten Frühstückstisch und sahen mir erwartungsvoll entgegen.

Ich setzte mich dazu, als ich Geklapper in der Küche vernahm.

Die fremde Frau fiel mir wieder ein. Die hatte ich vor lauter Freude glatt vergessen. Ich saß mit dem Rücken zur Tür und konnte an den Gesichtern der Drei sehen, dass da irgendetwas auf mich zukam.

Die fremde Frau, die mich immerzu "Madam" nannte, schenkte uns Kaffee ein. Bekleidet war die braungebrannte Schönheit nur mit einem weißen Schürzchen und Pumps. Sonst nichts.

Mein Gesicht verfärbte sich in Sekunden puterrot. Nun wollten sich alle Vier ausschütten vor Lachen.

Den ganzen Tag huschte nun diese Schönheit um uns herum, bekochte und verwöhnte uns, ließ mein Badewasser ein, machte den Haushalt. Ein so schöner Sonntag. Ein irres Geschenk, es war ein herrlicher Spaß.

Ich hätte sie nur zu gerne behalten, daran hätte ich mich gewöhnen können. Oliver und Klaus hatten sich das zusammen mit Chris ausgedacht, die ihnen davon erzählt hatte. Auch für diese Verrücktheiten liebte und liebe ich Chris.

Fünf Monate später traten Chris und ich unsere Reise an. Es war ein Hochzeitsgeschenk für Chris und mich. Von meinen Eltern. Es stimmte sie traurig, dass wir, obwohl wir uns lieben, nicht heiraten können. So sollten wir wenigstens eine Hochzeitsreise machen.

Klaus und Oliver versuchten meine Eltern davon zu überzeugen, dass es üblich sei, dass Brautjungfern, nämlich sie beide, mit auf Hochzeitsreise gehen.

Mein Vater drohte ihnen an, dann als Anstandswauwau mitzureisen und während der ganzen Zeit in ihrem Zimmer zu übernachten und zwar in ihrer Besucherritze.

Da verzichteten sie großmütig. Meine Eltern brachten uns zum Flughafen und wir sahen sie noch lange auf dem Besucherdeck winken, bis das Flugzeug mit uns in den Wolken verschwand.

Nur wir beide, mal ohne Clique. Wir genossen es. Hawaii. Ein absoluter Traum. Mitten im Pazifischen Ozean auf der Insel Oahu. Unsere Ankunft in Honolulu war schon überwältigend.

Wir bekamen Blumengirlanden geschenkt, bevor man uns zu unserem Appartement brachte. Ein Appartement, wie es der Insel entsprach, mit viel Bambus, hellen und freundlichen Farben. Wir fühlten uns vom ersten Moment an wohl. Wir spielten Tennis, Chris vergnügte sich oft beim Wellenreiten, während ich faul in der Sonne lag und sie dabei beobachtete.

Wir erkundeten die Insel. Schnorchelten. Entdeckten Farben und Tiere unter Wasser, von deren unglaublicher Schönheit und Vielfalt wir bisher nicht die blasseste Ahnung hatten.

Wir machten Sonnenuntergangsfahrten aufs Meer hinaus und an den Abenden saßen wir eng umschlungen auf dem Balkon und tranken viel zu viel Mai Tai. Oder wir bummelten durch die lauen Sommernächte. Es war immer voller Trubel, bunt und lebendig.

Drei Wochen waren wir schon hier und eine weitere hatten wir vor uns. Chris kaufte schrille T-Shirts, die sie zu Hause sicher nicht tragen würde, aber sie hatte so viel Spaß daran, dass ich sie nicht überreden konnte, es zu lassen. Zur Not könnten sie und mein Vater zuhause ja Vogelscheuchen daraus bauen.

Ich lag faul auf dem Bett und träumte vor mich hin, als Chris vom Bummeln zurückkam. Ich hängte meinen Kopf ein wenig tiefer aus dem Bett, damit ich sehen konnte, was sie nun wieder alles erstanden hatte. Auf einem Tablett balancierte sie zwei Gläser, in denen je eine Orchidee schwamm. Ich drehte mich auf den Bauch, blickte ihr erwartungsvoll entgegen.

Tja, heute würden wir feiern, fünf Jahre. Fünf lange Jahre, die wie im Fluge vergangen waren. Wir hatten beide nie an eine Zukunft geglaubt. Wir waren beide damals nicht auf der Suche und doch haben wir uns gefunden.

Chris warf sich aufs Bett, nachdem sie das Tablett davor abgestellt hatte. Moana Banyan Court Punsch. Meine Augen glänzten. Dann angelte sie nach den Gläsern und mit feierlichem Blick sah sie mich an.

"Auf die tollste Frau, die ich je getroffen habe."

Ich stieß mit ihr an, sah ihre blauen Augen, die sonnengebräunte Haut, die strahlenden Zähne, diese Hände. Ihren Blick. Zärtlichkeit durchströmte mich und ich lächelte ihr zu.

"Auf die Frau, die die Sonne in meinem Herzen aufgehängt hat."

Wir küssten uns, schmusten und träumten in der untergehenden Abendsonne. Chris rührte sich zuerst.

"Lass uns an den Strand gehen, ja?"

Wir bummelten durch die Straßen, liefen über den Strand, stapften durch die auslaufenden Wellen und genossen unseren "Hochzeitstag". Spät am Abend kamen wir in unser Appartement zurück. Chris wollte noch schnell nach Hause telefonieren. Sie sagte am Empfang Bescheid, wir riefen meine Eltern und Oliver an und gingen nach oben. Chris öffnete mir die Tür.

Mit einer einladenden Geste forderte sie mich auf einzutreten. Überall brannten Kerzen, ein kleiner Servierwagen stand dort mit kalter Platte und zwei Gläsern unseres geliebten Punch. Das Bett war übersät mit Orchideen. Ein so traumhaftes Bild. Dahinter die Aussicht auf die rote Abendsonne und das Meer. Mir schossen Tränen in die Augen. Chris nahm mich in den Arm. Küsste meine Tränen fort.

"Ich liebe dich. Meinst du, wir zwei schaffen noch fünf Jahre?"

Ich nickte, zog sie zum Schrank und holte ein kleines Paket hervor. Chris setzte sich aufs Bett, dann rollte sie sich auf den Bauch und begann, die Verpackung zu entfernen.

Ich wusste, dass sie sich freuen würde. Wir hatten in den letzten Tagen oft vor dem Juweliergeschäft gestanden. In der Auslage waren goldene Anhänger. Kleine Palmen.

Chris hatte sich gar nicht daran satt sehen können, aber ich hatte sie überredet, sich nicht in unnötige Ausgaben zu stürzen. Sie strahlte überglücklich, sah mich an.

"Wenn du mich nicht auf der Stelle küsst, fang ich an zu heulen."

Ich kam diesem Wunsch nur zu gerne nach. Ich hängte ihr die Kette um, die auf der gebräunten Haut glänzte. Dann ging ich zum Fenster und schloss die Jalousien.

Chris hatte sich auf den Rücken gedreht. Ich ging auf sie zu, blieb vor ihr stehen. Sie sah mich frech von unten herauf an, griff nach meinen Beinen und zog mich zu sich heran.

Mit einem schnellen Griff langte sie nach oben und zog meine Shorts runter. Noch einmal langte sie nach mir, griff meine Hüften und ich sank nach vorne. Kniete über ihr, konnte ihre zärtlichen Hände auf meinem Po und meinen Beinen spüren, ihre Zunge, die sich wild nach oben küsste. Die meine Lust in Sekunden anpeitschte.

Ich spürte ihren heißen Atem zwischen meinen Beinen, die Zunge, die in mich eindrang und konnte kaum das Gleichgewicht halten, als ich so über ihr kniete. Fühlte, wie langsam kleine Schweißperlen an mir herunter liefen, schloss die Augen und genoss. Nahm ihre Hände und forderte sie auf, sich langsamer zu bewegen, das Spiel auszudehnen.

Dann griff ich nach ihren Beinen, ließ mich auf ihren erhitzten Körper sinken und vergrub mein Gesicht wollüstig und voller Verlangen im Schoß meiner Frau…

Die lesbischen Strandschmöker

Sterne über Malibu

Julia starrte auf die Zettel in ihrer Hand. Diese Tränen galten ihr, ihr allein. Tränen einer Frau an eine Frau. Sie war wie vor den Kopf geschlagen. Das konnte doch nicht wahr sein! Hatte sie einer Frau Hoffnungen gemacht? Sharon war jung, zehn Jahre jünger. Sicher nur eine Schwärmerei. Noch nie hatte sie selbst daran gedacht. Sie war doch „normal“! Und doch musste sich Julia eingestehen, dass sie nicht nur an Freundschaft dachte, wenn sie Sharon sah…

ISBN 9783929925005

Sharons dream

Trotz der vielen Menschen auf dem Flughafen fanden sich ihre Lippen zu einem sehnsüchtigen Kuss und während sie sich an den Händen hielten, konnten sie ihre Liebe spüren: die Rosenknospe, den Ring, die Muschel, Malibu. Julia und Sharons spürten, dass ihre Gefühle nicht mit dem Urlaubsende verflogen waren, dass die Gefühle ausreichen würden für einen Weg nach vorn. Einen Weg, den sie gemeinsam gehen könnten...

ISBN: 978-3929925036

Clara—Blues in rosé

Erzählt wird die Geschichte einer Altenpflegerin, die die Aufgabe übernimmt, sich um eine alte und verwahrloste Dame zu kümmern. Die erste Begegnung zwischen den beiden ist geprägt von Hoffnungslosigkeit. Ein hölzernes Bett in einer dunklen Ecke. Mit dem Gesicht zur Wand, verdeckt von einer alten Daunendecke, lag die alte Dame. Ängstlich verkroch sie sich weiter unter die Decke. Leise flüsternd murmelte sie immer wieder. Ein kaum vernehmbares "Sophie" kam stammelnd immer wieder über ihre

Lippen. Dann verstummte sie wieder, ohne auch nur die Augen geöffnet zu haben. Erst langsam fassen die beiden Vertrauen zu einander. Und beider Leben verändert sich, als die Liebe wieder Einzug hält.

Wird verfilmt

ISBN: 9783929925043

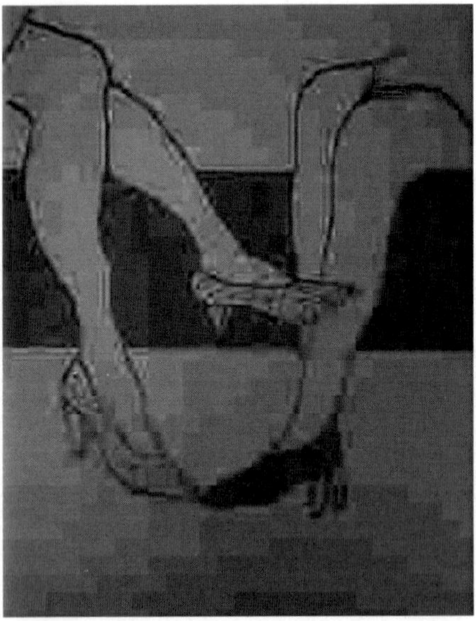

Homepage der Autorin:

www.sylvia-knelles.de

Sachbücher & Reisereportagen:

Wenn der Weg das Ziel ist, wohin geht die Reise dann?
New York * feel the spirit - step by step
Schuldencrashkurs
Die Suche nach der verfluchten Mitte
Leben in der Unterschicht * Tatort Arbeitsmarkt